Der Autor veröffentlichte bisher „Tango Tenebrista. Ein Schmöker zum dramatischen Helldunkel von Tango Argentino, Sex & Crime"; den Roman „Tango up & down"; „Tödliches Tangotreiben. Die wahre Geschichte der ‚Freiburger Vampirmorde' "; „Neapel leben und sterben. Prosa und Posse"; „Böse Blicke. Kriminalkurzroman und zwei Nachkriegsgeschichten"; „Janes Affenkind. Eine tierische Geschichte" sowie den Schwarzwaldkrimi „Dustergrund".

Timm Maximilian Hirscher

Verdammter Tango

Roman zur argentinischen Militärdiktatur

Titelbild, Illustration und Grafik:
Simone Rosenow · art & grafikdesign

Herstellung & Verlag:
BoD — Books on Demand, Norderstedt
Print in Germany
ISBN: 9783751995276

Inhalt

Verdammter Tango

„Oh tango que mata y domina!
Maldito sea el tango quel!" *

Luis Vicente Roldán

„Que el mundo fue y será
una porqueria, ya lo sé,
en el quinientos seis
y en el dos mil tambíen.

...

Pero que el siglo veinte
es un despliegue
de maldá insolente
ya no hay quien lo niegue." **

Enrique Santos Discépolo

---

* Oh, Tango, der tötet und herrscht! Verdammt sei dieser Tango!

Luis Vicente Roldán (Text)/ Murik Osmán Pérez (Musik),

‚Maldito Tango‘, (1916)

**Dass die Welt schon immer eine einzige Sauerei war und ist, im
Jahr 506 und auch im Jahr 2000, das weiß ich schon… Doch dass
das 20. Jahrhundert ein Auswurf an dreister Bösartigkeit ist, das
kann niemand bestreiten.

Enrique Santos Discépolo, Tango ‚Cambalache‘, (1935)

Teil I

*„**Tan**go! **Tan**go! **Tan**go! **Tan**go!"*

Die alte Frau stolperte voran und stieß bei jedem „Tan" mit ihrem Stock auf den Bürgersteig.

*„**Tan**go! **Tan**go! **Tan**go! **Tan**go!"*

Endlich stand sie vor dem Café. Sie schnaufte tief durch, versuchte ihren gekrümmten Körper aufzurichten, doch gab sie den Versuch sogleich wieder auf und trat ein.

„Hola, Señora!", rief der Kellner hinter der Bar, eilte zu ihr, reichte ihr den Arm und führte sie zu einem der Tische, an dem ein junger Mann gesessen hatte. Der war beim Eintreten der Frau aufgesprungen und ging ihr zwei Schritte entgegen. Doch schon stand sie vor ihm und musterte ihn.

Was für ein hübsches Kerlchen, dachte sie, nickte ihm zu, setzte sich an den Tisch und lud ihn mit einem Kopfnicken ein, sich wieder zu setzen. Der Kellner brachte ihr im Handumdrehen eine Tasse Kaffee und zwinkerte ihr zu. Sie trank einen Schluck und sagte:

„Du bist also Hector Basso."

„Ja, haben Sie herzlichen Dank, dass Sie bereit sind, mich zu treffen und mir zu erzählen..."

„Halt, halt!", unterbrach sie ihn. „Das mit dem Erzählen ...also, das weiß ich noch nicht. Ich bin müde, das alles

immer wieder zu erzählen. Diese alten Geschichten! Ihr Journalisten habt das doch schon so oft durchgekaut."

„Ja, aber noch nicht von mir. Ich bin jung, habe diese rabenschwarzen Tage nicht selbst erlebt, nur darüber gehört und gelesen. So lange es ... entschuldigen Sie, Señora, ich meinte, es gibt nicht mehr so viele Zeitzeugen. Ich gehöre zu einer neuen Generation, habe die Militärdiktatur nicht selbst erlebt. Ich..."

„Schon recht, ich lebe nicht ewig. Ist ja in Ordnung, dass ihr jungen Leute nicht vergesst, was eure Eltern und Großeltern erlebt und erduldet oder verantwortet hatten. Aber noch einmal ein Interview in einer Zeitung oder Zeitschrift? Noch einmal ein Journalistenbericht? Was soll das bringen? Wer hat da noch Interesse dran? Vergiss es!"

Sie kicherte, als sie die enttäuschte Miene Hectors sah, schlürfte ihren Kaffee und meinte schließlich:
„Wer liest heute noch Zeitzeugenberichte? Aber wie wäre es mit einem Schmöker, einer Erzählung, einem Roman? Du musst die Leute zum Lesen führen und verführen."

„Aber...", fing Hector zu stottern an.

„Nichts aber!", unterbrach sie ihn. „Du hast doch, wie du mir am Telefon erzählt hast, diese ganzen Interviews mit mir, diese Artikel über mich, das alles hast du doch gelesen. Was könnte ich dir da noch Neues erzählen? Schreib das alles ab! In deiner Fassung. Und den Rest erfindest du!"

„Ich weiß nicht..."

„Aber ich weiß es. Du bist doch ein Schreiberling. Schreib meine, schreib unsere Geschichte!

„Aber..."

„Nichts aber! So machen wir das! Oder eben gar nicht. Hector, ich bin gespannt auf deine Geschichte. Ich habe die Militärdiktatur erlebt und überlebt. Ich werde auch deine Geschichte überleben. Auch wenn an ihr alles erfunden sein wird. Dagegen die Militärdiktatur, die hat 's wirklich gegeben in unserem schönen Buenos Aires und im ganzen Land."

Sie stemmte sich von dem Stuhl auf, bevor er ihr helfen konnte.

„Lass nur! Noch geht es halbwegs, auch wenn mir damals alle Knochen gebrochen wurden. Na ja, einige. Danke für den Kaffee."

Sie blickte auf den jungen Mann, der seinen Kopf hängen ließ, und hatte Mitleid mit ihm.

„Hector, Kopf hoch! Für was hast du Verstand und Phantasie? Schreib los! Adios, Hector!"

Sie schlurfte zum Ausgang und stieß bei jedem gemurmelten „Tango" mit ihrem Stock auf den Boden.

1.

Kapitän Adolfo Kaufmann saß hinter seinem Schreibtisch, strich sich mit der linken Hand über sein blondes Bärtchen und sah mit Widerwillen auf den Maat, der stramm vor ihm stand. Er konnte den Mann mit dem fliehenden Kinn und den Glupschaugen nicht ausstehen; aber er war ein nützlicher und effektiver Mitarbeiter hier in der Marineschule ESMA, insbesondere in den Folterräumen. Unvermittelt sprang der Kapitän auf, richtete den Zeigefinger seiner rechten Hand auf den Maat und schrie:

„Wie kannst du es wagen, mit einem Blutfleck auf der Uniform vor mir zu erscheinen? Wo sind wir denn hier? Ich dachte bei der Marine. Raus mit dir! In fünf Minuten stehst du in sauberer Uniform vor mir. Verschwinde!"

Kaufmann sank mit hochrotem Kopf auf seinen Sessel zurück. Leider brauchte man solche Kerle wie diesen ehemaligen Zuhälter. Aber eigentlich sei es eine Zumutung, mit solchen Typen zusammenarbeiten zu müssen. Er brütete bis zur Rückkehr des Maats vor sich hin. Hatte er den richtigen Mann für die Operation ausgewählt, fragte er sich.

Dann stand dieser wieder vor ihm stramm und salutierte in sauberer Uniform. Der Kapitän beäugte ihn.

„Rühren! Sanchez, ich habe dich für eine neue Operation ausgewählt - bestimmter Fähigkeiten wegen. Abgesehen von deinem tüchtigen Einsatz hier im Hause kannst du" - er machte eine kunstvoll dramatische Pause - „Tango tanzen. In meinem neuen Projekt sind diese Qualitäten gefragt. Du wirst mit ein paar unserer Leute ein Café aufmachen, eine Milongabar. Natürlich macht ihr das als Privatpersonen. Natürlich in zivil. Du guckst etwas verwundert drein. Die Strategie ist ganz einfach: Mit Speck fängt man Mäuse, mit Tango Subversive! Das Café und der Tango werden uns unsichere, potenziell terroristische Elemente ins Netz spülen. Verstanden?"

„Jawohl, Herr Kapitän."

Kaufmann bezweifelte, dass der Maat das wirklich verstanden hatte. Aber der war ja lernfähig, wie er in der Vergangenheit gezeigt hatte.

„Kannst du lesen?"

„Jawohl, Herr Kapitän."

„Gut", sagte dieser und reichte ihm ein Blatt über den Schreibtisch.

„Lies! Da habe ich das Wichtigste zusammengestellt."
Der Maat hielt sich das Blatt vor die Nase und las flüsternd Wort für Wort die Anweisungen. Nach einer Weile ließ er das Blatt sinken.

„Fragen?"

„Nein, Herr Kapitän."

„So? Na gut. Gib mir das Blatt zurück!"

Kaufmann steckte es in den Schredder neben seinem Schreibtisch.

„Sanchez, das ist absolute Geheimsache. Schärf das auch den Männern ein, die ich dir zuteile. Klar? Falls etwas schief laufen sollte...ich weiß von nichts. Verstanden?"

„Jawohl, Herr Kapitän."

„Gut. Hier noch persönliches Startgeld für dich und die Männer. Ihr müsst ja passend angezogen sein, um mit einer Selbstverständlichkeit zu beginnen. In einer Woche erstattest du mir Bericht über die ersten Schritte. Die Adresse des von der Marine übernommenen Gebäudes hast du ja gelesen. Das Codewort für die Operation ist...was schlägst du vor?"

„Tangohölle, Herr Kapitän."

„Idiot! Natürlich nicht. Wie wäre es mit ...Tangoparadies. Das wäre doch ein schöner Name für unsere Einrichtung."

„Jawohl, Herr Kapitän. ‚Café Paradies'."

2.

Der Student Agustín Rios saß an jenem Nach-
mittag auf einer Parkbank und spielte auf seinem
Bandoneon Tangos. Leute kamen vorbei. Manche
blieben stehen, hörten ein Weile zu, klatschten Beifall, und einige warfen ein paar Münzen in die Kappe, die Agustín vor sich hingelegt hatte. Ein Pärchen
tanzte vor ihm, bevor es weiter zog. Er machte eine
kleine Pause, nahm ein paar Münzen aus der Kappe und steckt sie in die Hosentasche. Weiter machen
oder nicht? Da hörte er neben sich jemanden sagen:
„Spiel mir 'Maldito Tango'!"
Er drehte sich zur Seite. Da saß eine Frau auf der
Nachbarbank. Von der Stimme her hätte es auch ein
Mann sein können, dachte er.
„Spiel mir ‚Maldito Tango'!", wiederholte sie und lächelte.
Er lächelte zurück und begann zu spielen. Er hätte auch gespielt, wenn sie nicht so hübsch gewesen
wäre. Agustín war ein braver Junge.
Da fing die Frau an zu singen. Mann, hat die eine
Stimme, dachte er. Es lief ihm heiß und kalt den Rü-
cken hinunter. Er glaubte, die einst brave Verkäuferin
in dem Lied leibhaftig neben sich zu haben. Er erleb-
te mit, wie sie der „verdammte Tango" in die Gosse

zog. Als der Tango zu Ende war, setzte er das Bandoneon neben sich auf die Bank und klatschte Beifall.

„Himmel, was für eine tolle Stimme!"

„Danke. Was für ein tolles Bandoneon", sagte sie, klatschte ebenfalls Beifall, erhob sich und setzte sich neben ihn.

„Ich bin Dolores. Wo spielst du sonst?"

„Agustín", stellte er sich ein wenig verlegen vor und rückte etwas zur Seite. „Ich bin nur Tangoliebhaber. Habe mit ein paar Kommilitonen zusammen gespielt, aber das ist im Augenblick etwas schwierig."

„Du bist Student? Musikstudent?"

„Nein, nein. Ich studiere Geschichte, Philosophie, Soziologie." Er stockte, wusste nicht, wie weit er der Unbekannten trauen konnte. „Aber, das ist im Augenblick etwas schwierig. Du, Dolores, du singst phantastisch."

„Danke, danke. Vorhin hast du einen Tango gespielt, den ich nicht kenne. Was war das?"

„Du hast schon länger hier gesessen?"

„Ja, aber du warst so in dein Bandoneon vertieft."

„Manchmal vergesse ich dabei die Umwelt. Ja, das war ein Stück von mir."

„Ah, du komponierst auch."

„Na ja, ich versuche es."

„Es klang prima."

„Danke, danke. Ich...ich...das ist so ein Versuch nur."

„Nein, Agustín, das ist wirklich gut. Hör zu! Ich singe in der Bar Nostalgia, wenn ich nicht gerade bediene. Ich muss eben durchkommen. Kennst du die Bar?"

„Nein, für Bars habe ich kein Geld."

„Wäre auch ein Wunder, wenn du diese Bar kennen würdest. Selbst wenn du Geld hättest. Ein mieses Lokal, eine miese Gegend. Aber man muss leben. Also ich singe da. Ein alter Freund, er ist wirklich sehr alt, ein Greis, hat mich dort auf dem Bandoneon begleitet. Jetzt liegt er im Krankenhaus."

„Was Schlimmes?"

„Es steht nicht gut um ihn. Auf jeden Fall...also, ich brauche einen Ersatz für ihn. Hast du Lust dazu, Agustín?"

Er schaute sie verdattert an. Das Angebot kam doch sehr überraschend.

„Aber, Dolores, ich bin nur ein Amateur, spiele meist nur so vor mich hin. Ich..."

„Du bist aber gut. Warum sollte ich dir etwas vormachen? Wenn ich nicht das Gefühl hätte, dass du es kannst, hätte ich dir nicht den Vorschlag gemacht. Außerdem bist du mir sympathisch."

Er wurde noch verlegener und wusste nicht, wohin er schauen sollte.

„Damit das klar ist: Reich wirst du da so wenig wie

ich. Aber ein Abendessen und Getränke sind drin. Manchmal gibt es von den Gästen auch ein Trinkgeld. Das würde ich dann mit dir teilen. Mann, was zauderst du? Gib dir einen Ruck! Was hast du zu verlieren? Oder bin ich dir nicht gut genug, Agustín?"

„Was für ein Unsinn, Dolores. Du hast eine tolle Stimme. Und...und...", stotterte er. Er machte eine kleine Pause und fragte dann:

„Hättest du mir hier auch zugehört, wenn dein Bandoneonspieler fit wäre?"

Sie lachte auf, erhob sich und gab ihm einen Abschiedskuss auf die Wange.

„Das, mein lieber Agustín, musst du selbst rauskriegen."

Sie reichte ihm einen Zettel mit der Adresse der Bar.

„Komm heute am frühen Abend! Wir müssen vor unserem ersten gemeinsamen Auftritt ja mal proben."

Er war aufgestanden und schaute ihn hypnotisiert nach, vor allem auf ihren rollenden Po.

3.

Agustín stand noch eine ganze Weile da, auch wenn Dolores und ihr Po schon längst entschwunden waren. Er setzte sich und schüttelte noch immer verwundert den Kopf. Was für ein Glückstag war das heute! Er konnte es gar nicht fassen. Endlich griff er nach seiner Kappe, steckte die restlichen Münzen in die Hosentasche, verstaute das Bandoneon in seinem Rucksack und machte sich auf den Weg zu seinem Unterschlupf. Für ein richtiges Zimmer fehlte ihm einfach das Geld.

Es war ein halb verfallenes Haus, eine Ruine, in der er derzeit nächtigte. In einem Winkel hatte er sich notdürftig eingerichtet. Er versteckte das Bandoneon und machte sich mit dem leeren Rucksack zu einem kleinen Hinterhausmarkt auf, wo er etwas Fleisch, Gemüse und Brot einkaufte. Dafür ging das ganze erwirtschaftete Vermögen drauf. Mit dem gefüllten Rucksack auf den Schultern ging er los. Es war ein längerer Marsch bis zu einem vornehmeren Viertel, in dem keine Ruinen standen. Sich immer wieder umschauend, ob ihm niemand folge, stand er zuletzt vor einem von einem Grünstreifen umgebenen kleinen Haus. Bevor er auf die Haustür losging, schaute er sich nochmals lange um. Dann klopfte er an die Tür, zwei Mal kurz, zwei Mal lang. So war es ausgemacht.

Es dauerte eine Weile, bis die Tür sich einen Spalt öffnete.

„Ich bin 's, Agustín", flüsterte er, trat ein und schloss die Tür hinter sich.

Vor ihm stand eine alte Dame, die Mutter seines Geschichtsprofessors. Sie umarmte ihn und bat ihn, ihr zu folgen. In der Küche breitete er seinen Einkauf auf dem Tisch aus.

„Aber, Agustín, das wäre doch nicht notwendig gewesen. Ich weiß doch, dass Sie jeden Peso drei Mal umdrehen müssen. Und Sie wissen auch, dass ich noch rüstig genug zum Einkaufen bin."

„Señora, Sie wissen doch, wie gerne ich mit Ihnen teile, wenn ich mit meinem Bandoneonspiel etwas einnehme. Das ist doch das Mindeste, was ich für die Mutter meines verehrten Hochschullehrers tun kann."

Sie freute sich sehr, dass er sie immer wieder besuchte. Er war ihr nach dem Verschwinden ihres Sohnes und dessen Frau und Tochter eine große Stütze gewesen. Am am Boden zerstört war sie damals, als ihre Angehörigen verschleppt wurden. Seitdem wohnte sie allein in dem Haus. Sie hatte irgendwann Agustín aufgefordert, bei ihr einzuziehen, aber der hatte das abgelehnt. Er befürchtete, dass sie seinetwegen, einem Studenten ihres Sohns, Ärger bekommen könnte. In diesen Zeiten war alles möglich.

Sie kochten zusammen und aßen. Agustín erkundigte sich, ob es denn von den Vermissten inzwischen irgend eine Spur gebe. Doch die Monate waren verstrichen, ohne einen einzigen Hinweis der Polizei. Auf die Eingabe ihres Rechtsanwalts gab es noch immer keine Antwort. Die Mutter brach in Tränen aus. „Diese Ungewissheit ist das Schlimmste. Eigentlich habe ich die Hoffnung verloren, die drei lebend wiederzusehen. Aber ich kann noch nicht einmal ein Grab besuchen. Diese elenden Barbaren."

Der Philosophiestudent fand, dass in diesem Zusammenhang das Wort Barbar wirklich angebracht war. Für die antiken Griechen, die er zu studieren angefangen hatte, war ein Barbar einfach jemand, der nicht Griechisch sprach. Und die Polizei, die Militärs, die Handlanger des Regimes sprachen ja wirklich eine andere Sprache.

„Aber wie geht es Ihnen, Agustín?", fragte sie, nachdem sie ihre Tränen abgewischt hatte. „Hausen Sie noch immer in halb verfallenen Kellern? Sie wissen doch, dass sie jeder Zeit hier wohnen könnten."

Er schüttelte nur den Kopf. Sie hatten die Sache schon viele Male besprochen. Und dann erzählte er von dem ungeheuren Glück, das ihm an diesem Tag widerfahren war, erzählte von Dolores und seinem neuen Job – und fuhr auf.

„Himmel, ich muss los. Entschuldigen Sie, Señora, aber ich bin ja zu Musikproben verabredet. Darf ich mich kurz im Bad frisch machen?"

Als Agustín sich verabschiedete, wiederholte die alte Dame, was sie schon so oft gesagt hatte.

„Sie wissen, dass Sie jeder Zeit hier unterschlüpfen können, wenn Sie einmal nicht mehr weiter wissen. Haben Sie keine Angst um mich. Ich bin alt. Was können die mir noch antun! Sterben muss ich eh einmal."

4.

Als Kapitän Kaufmann von der Arbeit zurückkommend die Tür seines Hauses öffnete, klang ihm Tangomusik entgegen. Für einen Augenblick erstarrte er. Dann warf er den Uniformrock ab, stürmte durch den Flur und riss die Tür zum Wohnzimmer auf. Drin drehte sich seine Frau um sich selbst im Tangorhythmus.

„Antonia!", rief er und stellte den Plattenspieler ab.

„Adolfo!", antwortete sie und schritt im Tangorhythmus auf ihn zu.

„Was soll das?"

„Nun, was wohl? Ich tanze Tango. Und jetzt tanzen

wir zusammen Tango. Den Frauen habe ich freigege-ben. Wir sind allein im Haus."

„Und warum, zum Teufel, gerade Tango?"

„Hast du schon vergessen: Wir haben auf unserer Hochzeitsreise Tango getanzt. Damals in Paris."

„Eben: in Paris. Damals."

„Ja, dort und damals. In Buenos Aires war es dir nicht schick genug."

„Nicht schick? Einfach unpassend. Du müsstest doch wissen, dass unsere Regierung nichts von Tango hält. Schon mal von unseren christlichen Werten gehört? Und dann das Versammlungsverbot! Wo Milonga, da versammeln sich Leute."

„Mein lieber Adolfo. Sieht das hier wie eine Ver-sammlung aus? Machen du und ich schon eine Versammlung aus? Und ist ein Marineoffizier und die Tochter eines Admirals nicht über alle Verdächti-gungen erhaben?"

„Darum geht es nicht, Antonia."

„Um was geht es dann, Adolfo? Niemand zwingt dich, in der Öffentlichkeit in Uniform Tango zu tanzen. Aber hier sind wir unter uns. Und wir beide tanzen gern. Dachte ich. Oder hast du dich nur we-gen der Hochzeit dazu aufgerafft?"

„Ich habe nichts gegen das Tanzen. Aber nicht Tango, nicht mehr Tango. Das gehört sich nicht für einen Marineoffizier und auch nicht für eine Admiralstochter. Das sollen die da drunten in ihren Bordellen tanzen."

„Oh, Adolfo, ich kann mich nicht mehr daran erinnern: In welchem Pariser Bordell hatten wir denn getanzt?"

Er gab ihr eine Ohrfeige. Sie ließ sich dramatisch taumelnd in einen Sessel fallen.

„Oh, was für ein Mann, mein Adolfo! Wenn ich nun meinem Vater erzähle, dass einer seiner Offiziere seine Tochter schlägt?"

„Dann sagt der Herr Admiral sicherlich: Gut so. Ich hätte sie härter erziehen sollen."

„Wer weiß, Adolfo, du hast vielleicht Recht. Warum wurde ich nur ins Militär geboren? Warum musste ich einen Offizier heiraten? Vielleicht nur der schicken Uniform wegen? Inzwischen habe ich den Verdacht, dass du aber weißt, warum du gerade die Tochter eines Admirals geheiratet hast. Als du um mich geworben hast, warst du noch nicht Kapitän. Egal. Also kein Tango. Wann tanzt du dann mit mir?"

„Nächste Woche ist ein Empfang in der deutschen Botschaft. Mit Musik."

„Ah, das klingt gut", meinte Antonia, „vielleicht gibt es da Wiener Walzer. Oder hast du für den auch eine Ausrede? Gestattet den die Marine?"

5.

Agustín stand am Abend natürlich pünktlich vor der Bar Nostalgia. Schon des Abendessens wegen. Noch wichtiger war ihm aber diese Dolores. Was für eine rasante Frau, dachte er. Nicht nur die Stimme. Sie war wohl zehn Jahre älter als er, aber was für eine Frau.

Die Bar machte von außen auf ihn einen ziemlich schäbigen Eindruck. Aber es war ja auch ein schmuddeliger Stadtteil von Buenos Aires. Die Luft war alles andere als gut. Er versuchte einzutreten, aber die Tür war verschlossen. So klopfte er. Nichts rührte sich. Er klopfte erneut. Endlich wurde die Tür geöffnet und Dolores stand ihm gegenüber – ziemlich schmuddelig mit einem Kopftuch.

„Komm rein, Agustín", sagte sie und gab ihm ein Küsschen auf die Wange. „Entschuldige diese Aufmachung, aber ich habe gerade reine gemacht. Ich bin hier Mädchen für alles. Fast alles, damit wir uns verstehen."

Sie schloss hinter ihm die Tür wieder ab.

„Also, Carlos, der Chef, kommt erst in ein paar Stunden. Auch der Koch. So haben wir Zeit, uns einzuspielen. Einen Kaffee? Gut, ich mach einen."

Während Dolores den Kaffee braute, schaute sich Agustín um. Ein etwas düsteres Lokal dachte er. Rotlichtmilieu eben. Wobei er da eigentlich keine Erfahrung hatte. Aber was soll 's? Abendessen, Dolores, Tango. Das war entscheidend. Nein, die richtige Reihenfolge war Dolores, Tango, Abendessen.

Sie kam mit zwei Kaffeetassen und ohne Kopftuch zurück. Beide setzten sich an eines der Tischchen. Sie lächelte, und er lächelte etwas verlegen zurück.

„Du bist mir ein schüchterner Typ. Dabei siehst du doch ganz gut aus – und spielst toll Bandoneon. Wer war dein Lehrer?"

„Ein Onkel. Ein Onkel in der Pampa, sozusagen."

„Aber die Wissenschaften sind dir wichtiger als die Musik?"

„Ich war mir nicht so sicher, ob ich als Musiker überleben könnte. Und dann bin ich eben auch philosophisch interessiert?"

„Mann, du spielst wirklich gut. Ich kann das beurteilen."

„Wer weiß: Hätte ich dich früher kennen gelernt, hätte ich vermutlich nicht an Philosophie gedacht."

„Charmant. Der schüchterne Junge kann auch Komplimente machen. Na, schau nicht so verlegen drein! Den Kaffee haben wir getrunken, jetzt an die Arbeit. Nimm dein Bandoneon in die Hände!"

Sie spielten und sangen fast ohne Unterbrechung mehrere Stunden lang Tangos. Und schauten sich dabei in die Augen. Dolores schrieb eine Liste der Stücke, die an dem Abend dran kommen sollten. Immer wieder würde Agustín auch eine Instrumentalnummer spielen.

Der Chef kam, und Dolores stellte Agustín vor. Carlos schaute skeptisch auf den jungen Mann. Der spielte darauf einen Tango.

„Nicht schlecht. Gut, probiert es! Mal sehen, wie es bei unseren Kunden ankommt. Über die Konditionen hat dich Dolores ja sicher informiert. Und, damit es klar ist, keine anrüchigen Tangos, die unserer...", er räusperte sich, „die unserer Regierung suspekt sind. Wir verstehen uns doch?"

Agustín nickte. Dolores legte den Arm um seine Schultern und sagte:

„Keine Angst, Carlos. Ich pass auf ihn auf."

„Ah! Und wer passt auf dich auf? Der Kleine? Ich kann keinen Ärger gebrauchen. Wir haben genug Probleme."

Dolores führte Agustín nach hinten, wo ein kleiner Raum als Garderobe diente. Klein erschien der Raum, weil ein großes Bett darin stand. Agustín schaute es verwundert an, Dolores lachte auf.

„Jetzt tu nicht so, als hättest du es nicht schon geahnt. Immer wieder kommen Mädchen mit Gästen für eine kurze Nummer hier her. Deshalb ist das ja auch nur eine Zwischengarderobe. Und nein, ich ziehe mich hier nur um. Zufrieden? Und jetzt dreh dich mal um!"

Sie streifte ihre Arbeitskleidung ab, schlüpfte in ein Kleid, tippte ihm auf die Schulter und dreht ihm den Rücken zu.

„Zieh mir bitte den Reißverschluss hoch! Danke."

Sie musterte ihn und lachte.

„Du bist nicht einmal rot geworden. Du machst Fortschritte, Agustín."

Carlos kündete am späten Abend dann das Duo an und den neuen Bandoneonspieler. Und die beiden spielten und sangen ihre Tangos. Die Gäste klatschten bereitwillig Beifall. Agustín war ganz Bandoneon. Wenn er zu Dolores, die neben ihm stand, hoch blickte, zwinkerte sie ihm zu und stupste ihn mit der Hüfte. Er musste sich zwingen, nur sein Herz hüpfen zu lassen. Auch durften seine Finger auf den Bandoneonknöpfen nicht aus dem Takt kommen.

Während des Abends wies Dolores auf den jungen Bandoneonspieler hin und bat um Spenden.

„Schaut mal, Leute, was für abgelaufene Latschen unser Bandoneonspieler an den Füßen hat! Er braucht wirklich schicke Tangoschuhe. Seid großzügig!"

Am frühen Morgen spielten sie den letzten Tango. Dolores passte einen freien Moment im Garderobenraum ab, um sich umzuziehen. Dann standen die beiden auf der Straße, stießen die rauchige Barluft aus und zogen die frische Nachtluft ein. Agustín wollte sich verabschieden, doch Dolores wies ihn zurecht: „Wie bitte? Du willst eine Dame zu dieser Nachtzeit in diesem Viertel allein nach Hause gehen lassen?" Sie hakte sich bei ihm unter und nickte nach links. „Mein lieber Agustín, dahin geht 's."

6.

„Ja, was gibt 's?"
„Herr Kapitän, wir haben diesen Jacobo Plata hierher gebracht. Den Filmfritzen. Diese Blätter fanden wir in seiner Wohnung. Vielleicht wollen Sie einen Blick darauf werfen", sagte der Matrose und reichte Kaufmann zwei beschriebene Seiten. Der überflog das Geschriebene und bekam einen roten Kopf.

„Bringt mir den Kerl sofort her!", schrie er, stand auf, schritt erregt hin und her, setzte sich dann wieder hinter seinen Schreibtisch und trommelte mit den Fingern beider Hände auf die Blätter vor ihm.

Der Gefangene wurde von zwei Matrosen hereingestoßen und vor den Schreibtisch gestellt. Seine Hände waren nach hinten gefesselt, sein Kopf vermummt, er war halb zusammengesackt und wurde von den beiden festgehalten.

„Nehmt ihm die Kapuze ab und auch die Fessel!"

„Jawohl, Herr Kapitän", sagten die beiden und führten den Befehl aus.

Kaufmann musterte den Mann.

„Das da, das hast du geschrieben?"

Der Gefangene hatte sich etwas aufgerichtet und blickte auf die zwei Blätter, die ihm zugeschoben wurden. Er nahm sie auf und nickte dann. Abstreiten war schlecht möglich. Das war seine Handschrift.

„Ob du das geschrieben hast?"

Die Soldaten hieben ihm in die Seiten.

„Ja."

Die Soldaten hieben ihm erneut in die Seiten, und einer brüllte:

„Das heißt: ja, Herr Kapitän."

Der Gefangene räusperte sich und wiederholte:

„Ja, Herr Kapitän."

„Na, dann lies mal dein Geschreibsel vor, Jacobo!"

Der Gefangene zögerte kurz und las dann stockend:

Filmidee „Franco in Berlin"

Ein Madrider Frisör wird im Herbst 1975 von Ge-
heimdienstleuten ins Krankenhaus zu dem dort
im Koma liegenden Gaudillo Franco gebracht. Der
Frisör, ein ehemaliger faschistischer Soldat, soll
ihn täglich rasieren, ansonsten aber Stillschwei-
gen über den Zustand des Diktators bewahren. Er
macht sich ans Werk.

Rückblende:
Der selbe Frisör (als junger Mann Bursche Fran-
cos) rasiert den General 1936. Er wird zu einer
geheimen Mission nach Berlin mitgenommen, wo
Franco mit Hitler zusammentrifft und um Hilfe
im anbrechenden spanischen Bürgerkrieg bittet.
Hitler verspricht die Legion Condor. Vor seiner
Abreise vergnügt sich Franco in einem Berliner
Luxuxbordell, das von der Gestapo überwacht
wird. Sie macht heimlich Filmaufnahmen von
Franco mit Prostituierten. Derweil muss sich der
Frisör mit dem Straßenstrich begnügen.

In Spanien tobt der Bürgerkrieg, Franco kommt an

die Macht. 1940 trifft er Hitler im französischen Ort Hendaye. Hitler will, dass der General Gibraltar militärisch besetzen lässt und so in den Krieg gegen die Alliierten eingreift. Franco lehnt ab. Da versucht ihn Hitler mit den Bordellaufnahmen zu erpressen. Doch Franco hat vorgesorgt: Ein ihm aus dem Gesicht geschnittener Provinzschauspieler wird in Generalsuniform hereingeführt, und Franco sagt: „Mein Doppelgänger war damals für mich in Berlin." Hitler reist verärgert ab.

Franco erteilt den Befehl, den Schauspieler als lästigen Zeugen zu liquidieren. Dieser wird ungesehen Zeuge des Liquidationsbefehls und arrangiert geschickt, dass der echte Franco als angeblicher Schauspieler umgebracht wird. Niemandem fällt der Tausch auf, doch ist dem falschen Franco klar, dass es einige Leute gibt, die ihn als Doppelgänger sofort identifizieren könnten: Francos Frisör, sein Leibarzt, sein Beichtvater und seine Ehefrau.

„Franco" ordnet die sofortige Versetzung des Burschen nach Marokko an. Der Leibarzt wird ermordet, was aber als Selbstmord dargestellt wird. Der Beichtvater fällt einem Attentat zum Opfer, das Kommunisten in die Schuhe geschoben wird.

Und die Ehefrau des Gaudillo wird nach unfreiwilliger langer Enthaltung seitens des Ehemanns von dem Schauspieler sexuell so verwöhnt, dass sie sich nach dem Original nicht zurücksehnt. Sie schweigt und bewahrt das Geheimnis des Doppelgängers.

Wieder im Jahr 1975:
Dem Frisör wird beim Rasieren klar, dass der vor ihm im Koma liegende Mann nicht der wahre Franco sein kann, dem er als Bursche gedient hatte. Er sagt es einem der wachhabenden Geheimdienstleute. Der stößt ihn eine Kliniktreppe hinunter; da der Frisör nur verletzt ist, bricht der Mann ihm das Genick. Ein bedauernswerter Unfall, wie der Frau des Frisörs mitgeteilt wird.

Die Spanier werden nie erfahren, dass sie Jahrzehnte lang von einem Provinzschauspieler beherrscht wurden.

Je länger der Mann vorlas, umso mehr begann es in Kaufmann zu kochen. Kaum hatte der Gefangene zu Ende gelesen, schlug der Kapitän mit beiden Fäusten auf den Schreibtisch, sprang auf, so dass sein Sessel nach hinten kippte, und brüllte:

„Du intellektuelles kommunistisches Schwein wagst es, das Andenken des von allen katholischen Spaniern, was sage ich, des von allen spanisch sprechenden Christen verehrten Gaudillo unflätig zu beschmutzen! Mir fehlen einfach die Worte für diese Sauerei. Fesselt ihm wieder die Hände und führt ihn hinaus!", befahl er den Matrosen und kam um den Schreibtisch herum. Der Gefangene wurde den Flur entlang zur Treppe geführt.

„Halt!", befahl Kaufmann. „Lasst ihn los!"
Er trat ihm mit aller Kraft in den Rücken, so dass der Mann krachend die Treppe hinunterstürzte und unten liegenblieb.

„Schaut nach, ob das Schwein noch lebt!", befahl der Kapitän. „Falls ja, brecht ihm das Genick!"

7.

„Agustín, spiel mir ‚Cambalache'!", bat Dolores. Sie richtete sich in dem zerwühlten Bett auf und versuchte ihren Freund hochzuziehen. Der zog sie zurück und sie rangelten ein wenig miteinander.

„Agustín, du bist unersättlich. Komm! Du spielst, und ich singe."
Sie zog sich eine Bluse über und warf ihm seine Hose zu. Nachdem sich beide halbwegs angezogen hatten,

griff er zum Bandoneon, das neben dem Bett lag. „Dolores, nicht ‚Cambalache‘. Du weißt, dass wir das nicht bringen können. Es gibt so viele schöne Tangos. Warum gerade dieses Lied? Das bringt uns nur Ärger. Es ist praktisch verboten."

„Ich weiß, ich weiß. Aber hier, unter uns, können wir es uns doch zu Gemüte führen. Gerade ‚Cambalache‘ beschreibt unsere Schweinerei so schön, die Sauerei in unserem schönen Argentinien."

„Du willst also unbedingt, dass wir Ärger bekommen? Nicht mehr auftreten zu können, wäre noch das Wenigste."

„Agustín, sei kein Schlappschwanz! Entschuldige, das kann ich dir wirklich nicht vorwerfen. Du spielst ganz leise, ich singe ganz leise. Niemand hört uns."

Leise erklang das Bandoneon, und leise fiel die Stimme ein. Aber nach den ersten Takten und Worten, hörte Dolores auf zu singen und sagte:

„Entschuldige, Agustín. Ich wollte schon immer wissen: Warum hat Discépolo gerade das Jahr 506 erwähnt? 20. Jahrhundert ist ja offensichtlich, aber das Jahr 506? Was soll das? Was passierte denn damals? Und wo? Hier gab es ja noch nicht einmal einen Gaucho."

Agustín hatte zu spielen aufgehört und lachte.

„Das hatte ich auch immer wissen wollen. Aber kein

Musiker hatte mir helfen können. Haben alle nur herumgeschwafelt. Zuletzt hatte ich dann meinen Geschichtsprofessor gefragt. Der schüttelte damals den Kopf und wusste auch nicht weiter. Aber er war neugierig geworden und machte sich kundig."

„Und? Mach 's nicht so spannend!"

„Also, mein Professor hat herausgefunden, dass es im Jahr 506 in der Gegend des heutigen Straßburg, das ist eine französische Stadt an der Rheingrenze zu Deutschland, eine Schlacht gegeben hat. Zwischen Alemannen und Franken oder so ähnlich."

„Was? Und wie kam Discépolo da drauf?"

„Keine Ahnung. Warum sollte er an alte Germanen denken? Vielleicht klang ihm 506 einfach gut in den Ohren, besser als 703 oder 411. Vielleicht könnte ein Sigmund Freud weiterhelfen."

„Also, das interessiert mich. Ich meine nicht dieser Freud. Ich würde gerne mal mit deinem Professor sprechen. Vielleicht..."

„Das geht leider nicht, Dolores."

„Warum nicht? Wenn ich ihn freundlich bitte?"

„Er ist verschwunden."

„Mein Gott! Hat man ihn verschwinden lassen?"

„Ja, er wurde eines Abends abgeholt. Vor ein paar Monaten. Und seine Frau und Tochter gleich mit."

Dolores und Agustín schwiegen lange.

„Ihm zu Ehren, ihnen zu Ehren singe ich jetzt ‚Cambalache'. Spiel es! Spiel es ganz leise!"

8.

Dolores saß in einer Gesangspause an der Bar und trank einen Kaffee. Jemand setzte sich neben sie und stieß sie an.

„Hallo, Süße, wie geht 's dir?"

Sie drehte sich um und fiel fast vom Stuhl.

„Du, Sanchez?"

Er wollte sie küssen, doch sie stieß ihn zurück.

„Lass mich in Ruhe? Sind dir deine Mädchen davongelaufen?"

„Seit wann so spröde, Dolores? Das war nicht immer so."

„Dir gegenüber schon immer so. Ich habe dich seit Jahren nicht gesehen. Gott sei Dank. Ich dachte, man hätte dich eingezogen. Wo ist deine Uniform? "

Sanchez stand auf und dreht sich um sich selbst.

„Schick, nicht wahr? Alles neu. Der perfekte Tanguero."

„Ja, nur was in den neuen Kleidern steckt, ist der alte schmierige Zuhälter."

Der Maat fletschte die Zähne, erhob die Hand, um

zuzuschlagen, riss sich aber im letzten Augenblick zusammen und zwang sich zu einem Grinsen.

„Noch immer das widerspenstige Täubchen. Aber wer weiß....“

Er vollendete den Satz nicht und sagte mit erzwungen freundlicher Miene:

„Du singst noch immer toll. Der junge Mann am Bandoneon ist gut. Besser als der Alte. Der ist ja hops gegangen, wie ich hörte. Wo hast du denn den Jungen aufgegabelt? Wenn er im Bett so gut ist wie am Bandoneon, kann ich nur gratulieren“, krächzte Sanchez lachend. „Pass gut auf ihn auf! So ein erfolgreiches Tango-Duo....“

Er verabschiedete sich mit einer ironischen Verbeugung vor Dolores und meinte im Weggehen:

„Man sieht sich bestimmt noch einmal. Ich freue mich schon darauf.“

9.

Es gab keinen Wiener Walzer beim Empfang in der deutschen Botschaft. Der Kapitän hatte es gewusst. Vielmehr spielte ein deutsches Quartett, das im Rahmen eines Kulturprogramms in südamerikanischen Staaten auftrat. Antonia litt unter dem sich 40 Minuten hinziehenden Beethoven -Streichquartett cismoll opus 131.

„Ist das wirklich von Beethoven?", fragte sie flüsternd Adolfo. „Für mich klingt das stellenweise so fürchterlich wie Vieles von dem neumodischen Zeugs."

Er aber schüttelte nur unwirsch den Kopf. Er liebte die Gewalt Beethovens, dessen Gewalttätigkeit, wie er sagte. Wie in einem Rausch glaubte er, sich selbst noch einmal zu erleben.

Als sich nach dem Konzert fast alle auf das Buffet stürzten, versuchte er mit einem der Musiker ins Gespräch zu kommen. Doch der hatte Hunger und wollte auch nicht von den Phrasen eines Dilettanten belästigt werden. Bevor er eine Entschuldigung formulieren konnte, wurde die Situation durch Antonia gelöst.

„Ado", rief sie und trat mit einer Frau auf ihn zu. Adolfo hatte ihr eingeprägt, in der Botschaft ihn nicht mit vollem Vornamen zu nennen. Nicht alle Deutschen hörten den Namen so gerne, meinte er. Und da man sich an diesem Abend auf diplomatischem Parkett bewege, bequeme sich Antonia eben der Diplomatie.

„Ado, ich möchte dir die Gattin des Botschafters vorstellen. Stell dir vor, sie ist ganz begeistert von unserer argentinischen Volksmusik, besonders vom Tango. Ihr Spanisch ist noch nicht perfekt, aber du sprichst ja auch Deutsch."

„Kapitän Kaufmann, zu Ihren Diensten", sagte er und küsste der Dame die Hand.

„Herr Kapitän, ich bin entzückt, Ihre reizende Frau kennengelernt zu haben. Ich hörte, sie sei die Tochter eines Admirals. Und Sie sind Kapitän. Da ist ja die halbe Marine zusammen. Ihre Frau gestand mir, dass sie dieser Beethoven nicht so begeisterte. Ich gebe zu, dass dieses späte Streichquartett nicht so leicht zu konsumieren ist wie ein Straußwalzer. Wie mochten Sie die Musik?"

„Ich bin von der Musik Beethovens jedes Mal überwältigt, gnädige Frau. Sie ist so gewalttätig."

„Gewaltig meinen Sie sicherlich. Nicht wahr, er ist ein gewaltiges Genie. Schade, dass die Wiener ihn uns Bonnern haben abspenstig machen können. Leider sind die Raumverhältnisse hier etwas begrenzt. Beethovens Neunte werden wir wohl kaum im Botschaftsgebäude hören können. Jammerschade! Diese Sinfonie ist doch das Größte."

„Ja, gnädige Frau, die ersten drei Sätze sind ...gewaltig."

„Die ersten drei nur?"

„Nun ja, dann kommt der vokale Schlusssatz."

„Aber das ist doch der hehre, humanistische vierte Satz, das Lied der Freude, Schillers Ode."

„Eben! Gut gemeint ist das Gegenteil von Kunst."

Die Frau des Botschafters blickte ihn für einen Augenblick entgeistert an, gewann aber sofort wieder die Kontrolle über die Situation, und zeigte sich als als souveräne Germanistin.

„Ah, Sie zitieren da Gottfried Benn. Aber ob das in diesem Zusammenhang zutrifft? Ich befürchte, das Argument des Dichters können wir heute Abend nicht mehr ausdiskutieren.“

Da hatte Adolfo Glück. Den Namen Gottfried Benn hatte er noch nie gehört. Im elterlichen Bücherschrank in Buenos Aires hatte es nur wenige deutsche Bücher gegeben; nur einige Karl May-Bände hatten seine Eltern aus Deutschland mitnehmen können.

„Übrigens, Kompliment Herr Kapitän. Ihr Deutsch ist perfekt. Sie entstammen sicher einer deutschen Einwanderfamilie. Der Nachname Kaufmann spricht ja für sich. Entschuldigen Sie mich aber jetzt, ich muss noch so viele Gäste begrüßen. Frau Kaufmann, vielleicht kann ich in der Zukunft einen Tanzabend organisieren.“

Sie rauschte davon, Adolfo atmete auf. Das Thema Einwanderung wäre etwas schwierig geworden. Seine Eltern waren 1945 aus Deutschland nach Argentinien geflüchtet. Er aber war in Buenos Aires geboren worden. Ein Argentinier war er von Kopf bis Fuß.

10.

Dolores schlief noch. Es war fast Mittag. Agustín saß an dem Tischchen neben dem Bett, schrieb und sah immer wieder besorgt auf die Schlafende. Sie hatte sich erkältet. Er hatte ihr Vorwürfe gemacht, dass sie so leicht bekleidet in der schlecht geheizten Bar gesungen hatte. Sie hatte nur gelacht und gemeint, er wisse doch, dass die Männer nicht nur wegen ihrer Stimme kämen, sondern auch wegen des großzügigen Dekolletees.

Jetzt lag sie mit Fieber im Bett. Agustín schwor sich, sie an diesen Abend nicht aus dem Haus zu lassen. Sie sollte sich auskurieren. Und er musste wohl allein auftreten. Carlos könnte sich auf den Kopf stellen oder selber singen. Bei diesem Gedanken konnte er sich ein Lachen kaum verkneifen. Nein, vielleicht würde er ein paar der Lieder selbst singen. Seine Stimme war zwar nicht mit der von Dolores zu vergleichen, aber besser als nichts.

„Was machst du da, Agustín?"
Dolores war aufgewacht.

„Ich schreib einen Brief an meine Mutter. Das wollte ich schon lange, aber die jüngste Entwicklung in meinem Leben hat mich nicht dazu kommen lassen."

„Was ist denn jüngst so passiert in deinem Leben, Agustín?"

Er setzte sich zu ihr auf das Bett und legte eine Hand auf ihre Stirn.

„Du hast Fieber."

„Wem sagst du das. Bring mir bitte was zum Trinken!"

Er brachte ihr ein Glas Mate. Sie saugte ein wenig davon und bat:

„Erzähl mir von deiner Mutter! Ich weiß so wenig von dir und deiner Familie. Was ist mit deinem Vater?"

„Den habe ich nie kennengelernt. Er starb vor meiner Geburt bei einem Autounfall."

„Du armer Halbwaise. Wie ging es dann weiter?

„Meine Mutter zog mit mir im Bauch zu ihrem Bruder und ist noch heute dort Pfarrhaushälterin."

„Wie, dein Onkel ist Priester? Du bist in einem Pfarrhaus aufgewachsen und führst jetzt so ein Lotterleben als Musiker!"

„Ja, wenn es nach ihm ginge, wäre ich auch Priester geworden."

„Na, Gott sei Dank, bist du das nicht."

„Nein, ich habe ihn aber lange im Unklaren gelassen, um ihn bei guter Laune zu halten. Von ihm lernte ich nämlich Bandoneon spielen."

„Und du hast lauter gottgefällige Tangos von ihm gelernt. Respekt vor deinem Onkel. Wir werden einmal in seiner Kirche auftreten müssen."

Dolores konnte sich vor Lachen nicht halten.

„Bring mir nochmals ein Glas Mate, bitte! Ich habe einen ganz rauen Hals.

Danke. Erzähl weiter!"

„Da gibt es nicht mehr viel zu erzählen. Als ich meinen Schulabschluss hatte, teilte ich ihm mit, dass ich mich statt der Theologie der Philosophie widmen würde."

„Gibt es da große Unterschiede? Worte, Worte, Worte."

„Ah, die Philosophin spricht."

„Und dein Onkel hat dich unterstützt?"

„Nein, er hat mir höllische Verdammnis vorhergesagt."

„Womit er ja nicht so falsch liegt. Und?"

„Ich hatte Glück. Meine Mutter erbte von einer Großtante eine kleine Summe. Mit der finanzierte sie meine ersten beiden Studienjahre in Buenos Aires. Und dann begann das große Schlamassel mit dem Militär. Und die Geschichte mit meinem armen Uniprofessor."

„Und dann geriet der arme kleine Agustín auf die schiefe Bahn des Nachtlebens. Schreibst du das deiner Mutter?"

„Ich bin da nicht sehr genau in meiner Schilderung. Aber ich habe geschrieben, dass ich der Liebe meines Lebens begegnet bin."

„Oh la la! Wer ist denn die Glückliche?"

11.

„Herr Kapitän, melde mich zum Rapport."

Kaufmann musterte missmutig den vor ihm stehenden Maat. Es schmerzte ihn, mit solchen schmierigen Typen wie Sanchez zusammen arbeiten zu müssen. Wozu hatte er nur die Tochter eines Admirals geheiratet? Gut, er verkehrte in den höheren Kreisen von Buenos Aires. Aber war es das wert? Ja, wenn sein Vater das ursprüngliche Großunternehmen nicht heruntergewirtschaftet hätte, wäre er nicht auf den Brotberuf bei der Marine angewiesen gewesen.

Er grübelte noch eine Weile über sein trauriges Schicksal und genoss es, Sanchez innerlich zappelnd vor sich stramm stehen zu sehen. Doch da irrte sich der Kapitän. Der Maat stand stramm, wie er es gleich nach dem Eintritt in die Marine gelernt hatte. Im Gegensatz zu Kaufmann hatte er keinerlei Ehrgeiz und maßte sich nicht an, mehr zu sein als er war. Wozu sich auch Gedanken machen über Dinge, die er nicht ändern konnte. Im Übrigen war er rechtzeitig zur Marine gekommen, bevor der Ärger, der ihm als Zuhälter ständig drohte, handgreiflich wurde. Und die Rechnung war 100-prozentig aufgegangen. Als das Militär wieder einmal die Macht in Argentinien übernommen hatte, machte er, so empfand er es, einen Karrieresprung. Die Polizei konnte ihn jetzt mal! Er hatte freie Hand für seine sadistischen Spielchen, für die er früher nur Ärger bekommen hatte.

„Rühren! Also, Sanchez, wie ist der Stand der Dinge?"

„Herr Kapitän, alles verläuft nach Wunsch. Wir können theoretisch morgen mit der Operation Café Paradies starten."

„Theoretisch?"

„Es fehlen nur noch die Musiker."

„Wie das? Es gibt doch hunderte Musiker allein in Buenos Aires. Genug Leute, die schmierige Tangos in Spelunken spielen. Wo ist das Problem?"

„Herr Kapitän, es müssen die richtigen Leute sein. Die, welche die Tangueros und Tangueras anziehen. Aber ich glaube, die Lösung steht vor der Tür."

„Du glaubst, Sanchez?", schrie Kaufmann, „Du glaubst? Sind wir denn in einem Kirchenverein?"

„Nein, nein, Herr Kapitän, ich bin mir sicher. Der Bandoneonspieler ist ein Student, der vor ein paar Monaten fast mit seinem subversiven Professor einkassiert worden war. Er spielt wirklich ausgezeichnet Bandoneon.“

„Na gut, Sanchez, offenbar ist er eh ein verdächtiges Subjekt. Und der andere? Ein Geiger?“

„Die andere, Herr Kapitän. Eine Tangosängerin.“

„Wie? Das soll ein Duo sein?“

„Herr Kapitän, sie singt fantastisch und sieht fantastisch aus. Neben der tollen Stimme ein toller Busen und ein toller Arsch. Die Männer werden uns die Bude einrennen.“

Der Kapitän schwieg. Aber warum sollte er nicht auf den Sachverstand diese Sanchez vertrauen? Eigentlich vertraute er ja nur sich. Da war er auf der sicheren Seite, vor Überraschungen sicher.

„Gut, Sanchez. Wann sollen die beiden eingesammelt werden?“

„Heute Nacht, Herr Kapitän.“

„Und gleich ins Café Paradies?“

„Herr Kapitän, ich schlage vor, sie erst hier in die ESMA zu bringen. Den beiden soll sofort klar sein, dass sie in einer hoffnungslosen Lage sind. Dann kommen sie erst gar nicht auf dumme Gedanken.

Nach zwei Tagen überführen wir sie ins Café. Es wird ihnen wie das Paradies vorkommen."

„Sanchez, ich wusste gar nicht, dass du witzig sein kannst. Gut, so wird es gemacht. Abtreten!"

12.

Dolores hatte wirklich ordentlich Fieber. Aber sie wollte trotzdem singen. Agustín ließ es nicht zu. Er drohte, sie ans Bett zu fesseln. Sie gab nach.
Als er sich am späten Abend mit seinem Bandoneon auf den Weg gemacht hatte, war sie dankbar für Ruhe und Bettwärme, die sie einfach brauchte.

Barpächter Carlos riss die Augen auf, als Agustín allein antanzte und ihm die Lage klar machte.
„Ein Bandoneon allein, das ist einfach zu wenig", jammerte Carlos. „Und ohne Dolores bleiben uns die Männer weg. Was sollen wir nur machen? Dolores muss einfach her. Ich schicke ein Taxi hin."
„Nein, Carlos. Es geht einfach nicht. Oder willst du das Risiko eingehen, dass sie eine Lungenentzündung kriegt und krepiert? Dann siehst du sie gar nicht mehr. Mann, es handelt sich um zwei, drei Tage. Dann ist sie wieder fit. Du weißt doch, was für

ein zähes Weib sie ist. Im Übrigen: Es gibt nicht nur Bandoneon-Musik. Ich werde selbst ein paar Lieder singen."

„Du?"

„Hab ich schon gemacht, als wir als Studentenband Tangos spielten. Klar, ich habe nicht die tolle Stimme von Dolores. Aber, es geht zur Not. Warte einfach mal ab!"

Carlos gab nach, auch wenn er klagte, dass Busen und Hintern fehlten.

Als vier Tage später Dolores wieder mit von der Partie war, wurde sie von Carlos freudig umarmt.

„Gut, dass du wieder da bist, Dolores."

„War es denn so schlimm nur mit Agustín?"

Da grinste Carlos über beide Ohren und meinte:

„Nein, er hat sich tapfer geschlagen. Er hat gar keine üble Stimme, natürlich nichts im Vergleich mit dir. Das Problem war, dass viele Männer wegblieben. Dafür waren die Frauen begeistert von dem hübschen jungen Mann, der auch noch singen konnte."

Dolores rempelte Agustín neben sich an.

„Davon hast du mir gar nichts erzählt."

„Es war anstrengend genug, mir die Frauenzimmer vom Leib zu halten."

„Hat er das, Carlos?"

Der grinste wieder und sagte:

„Ich denke schon. Hauptsache ist, dass du wieder da bist. Da werden auch wieder unsere männlichen Kunden gelaufen kommen. Werd' mir ja nicht wieder krank! Ich will dich hier künftig jeden Abend sehen."

Dolores sorgte wieder für ein volles Haus. Ihr Wiederauftauchen hatte sich schnell herumgesprochen. Sie sang wie immer, etwas rauchiger nur, denn ihre Stimmbänder waren noch leicht angegriffen.

Am frühen Morgen ließ Agustín ein Taxi kommen. Ein unerhörter Luxus, aber Dolores sollte noch geschont werden. Vor der Haustür vom Taxi abgesetzt umarmte Dolores ihren fürsorglichen Freund.

„Danke, Agustín. Das war eine gute Idee von dir. Lass dich küssen."

Es wäre vermutlich ein sehr langer Kuss geworden, aber da wurden sie gestört. Aus dem Dunkel stürzten vier vermummte Gestalten herbei und zerrten sie in einen anrollenden Wagen.

So verschwanden Agustín Rios und Dolores Esposito von der Bildfläche. Zunächst.

13.

Maria, Putzfrau im Hause Kaufmann, kam an diesem Tag eine Stunde später als üblich und klopfte verzweifelt an die Schlafzimmertür der Hausherrin. Diese war gerade aus dem Badezimmer getreten, hörte das Klopfen und ein gleichzeitiges Schluchzen und öffnete die Tür. Da stand Maria, offensichtlich völlig verzweifelt, und fiel vor ihr auf die Knie.

„Maria, was ist passiert?"

„Señora, mein Mann ist heute früh festgenommen worden. Die Polizei war bei uns und hat ihn mitgenommen."

„Mein Gott, Maria, steh auf!", sagte Antonia, hob sie hoch, führte sie zu einem Stuhl, setzte sie auf ihn und ließ sich auf dem Bett daneben nieder.

„Beruhige dich, Maria. Erzähl! Was hat er...hat er denn etwas verbrochen?"

„Señora, nein. Er ist völlig unschuldig. Er war vor Jahren einmal in der Gewerkschaft, aber das war damals. Offenbar reicht das aber heute, um verdächtig zu sein als...als...Terrorist. Zuerst wollten die mich auch mitnehmen. Aber dann ließen sie davon ab, als ich sagte, ich arbeite im Haus der Tochter des Admirals. Entschuldigen Sie, Señora, ich wusste sonst nicht anders weiter."

„Na, wenigstens haben die noch Respekt vor meinem Hause. Und was ist mit deinem Söhnchen?"

„Der ist bei meiner Mutter auf dem Lande. Es sind doch Schulferien. Señora, helfen sie mir! José ist ein braver Arbeiter. Er ist völlig unpolitisch."

„Maria, aber was kann ich denn tun?"

„Ihr Gatte, der Herr Kapitän. Bitte, er soll ein Wort einlegen für meinen Mann! Er kennt ihn doch ein wenig. Er hat damals ausgeholfen, als der Gärtner krank war. Erinnern Sie sich?"

„Ja, sicher, Maria", sagte Antonia und sah seufzend die Putzfrau an. „Und du bist sicher, dass er sich in den vergangenen Jahren nicht politisch betätigt hat oder ..."

„Señora, ich schwör es bei der Mutter Gottes. Er hat nur gearbeitet und für seine Familie gelebt."

„Nun gut, Maria. Ich werde mit meinem Mann sprechen. Aber versprechen kann ich natürlich nichts. Vielleicht handelt es sich ja um ein Missverständnis. Oder hat dein Mann Feinde? Hat ihn jemand denunziert?"

„Señora, wer weiß das in diesen Tagen. Verzeihen Sie, ich meine ... Ach, helfen Sie bitte, bitte!", schluchzte sie und küsste der Hausherrin die Hände.

„Maria, lass das! Ich habe ja gesagt, dass ich mit meinem Mann spreche. Im übrigen: Das Badezimmer solltest du dir heute gründlich vornehmen!"

Später telefonierte Antonia mit Adolfo, wohl wissend, dass er sich durch die Angelegenheit belästigt fühlen würde. Sie ließ sich aber nicht von ihm abwimmeln und erzählte ihm die ganze Sache.

„Antonia, die Polizei wird ihre Gründe haben und...“

„Adolfo, ich will nicht meine Putzfrau verlieren. Du kannst dich wenigstens mal erkundigen. Vielleicht hat er, dieser José, ja wirklich Dreck am Stecken. Aber...“

„Antonia, ich habe wirklich genug Anderes zu tun.“

„Adolfo...na gut, dann werde ich meinen Vater um den kleinen Gefallen bitten, wenn es dir zu viel ist.“

„Antonia“, sagte er und seine Frau hörte ihn mit den Zähnen knirschen, „ich lasse mich nicht unter Druck setzen. Im Übrigen kenne ich diesen José gar nicht näher. Wer weiß, ob unsere Maria ihn richtig kennt und weiß, was er so treibt.“

„Tja, welche Frau weiß schon, was ihr Mann so treibt.“

„Antonia!“

„Adolfo!“

„Na gut, Antonia, ich versuche es. Aber versprechen kann ich nichts.“

„Doch, das kannst du, wenn du wirklich dahinter her bist. Bis heute Abend.“

Kaufmann schlug den Telefonhörer auf die Gabel und starrte vor sich hin. Dann machte er ein paar Telefonate. José war, wie er erfuhr, als Terrorist, ehemaliger Gewerkschaftler, festgenommen und inzwischen dem Militär übergeben worden. Im Telefongespräch mit dem zuständigen Offizier stellte sich heraus, dass unvermummte Soldaten Marias Mann vernommen und gefoltert hatten. Lebende Zeugen durfte es nicht geben. José war praktisch schon ein toter Mann. Antonia würde sich damit nicht zufrieden geben, wusste der Kapitän. Er sprach von Ehemann zu Ehemann mit dem Offizier und schilderte seine verzweifelte Lage. Er musste seiner Frau wenigstens ein Minimum vorweisen. José durfte nicht einfach verschwinden.

„Könnte dieser Kerl nicht bei einem Fluchtversuch oder bei gewalttätigem Widerstand erschossen werden? Da könnte unsere Putzfrau wenigstens ihren Mann begraben. In Ordnung?"

„In Ordnung!"

14.

Maat Sanchez trat in den Raum, schloss die Tür hinter sich, lehnte sich an sie und musterte Dolores, die von der ESMA ins Café Paradies überführt worden war. Dolores saß auf einem Bett und erstarrte.

„Du, Sanchez? Wo bin ich? Wo ist Agustín? Was soll das alles?"

„Ihr seid hier im Café Paradies. Herzlich willkommen meine alte Liebe", antwortete Sanchez und grinste breit. „Agustín ist im Zimmer nebenan. Wenn ihr brav seid, dürft ihr sogar zusammenziehen. Im Vergleich zu eurem bisherigen Aufenthaltsort sind das geradezu paradiesische Verhältnisse. Findest du nicht auch?"

„Spar dir deinen Sarkasmus! Ich bin keine deiner Nutten. Ich werde dich anzeigen."

Sanchez lachte lauthals heraus.

„Wem denn anzeigen? Vergiss meine Vergangenheit! Vielleicht auch deine Vergangenheit. Dolores, du bist in Gewahrsam der Marine. Und du und Agustín habt Glück, in meinem Gewahrsam zu sein. Subversive Elemente wie ihr wären in anderen Händen.... Aber keine Angst, mein Täubchen! Wenn du schön mitspielst, in deinem Fall schön mitsingst, wird es dir, wird es euch nicht schlecht gehen: gratis Unterkunft, gratis Verpflegung, fürsorgliche Behandlung."

Dolores sprang angewidert auf, spuckte in seine Richtung und schrie:

„Verdammter Hurenbock! Ein schöner Marinesoldat

bist du geworden. Was für ein Abstieg. Früher wolltest du wenigstens noch ein rechtschaffener Zuhälter sein."

Der Maat grinste, schaute sie an und musste sich zurückhalten, dass er sich nicht auf sie stürzte. Sie war ein verdammt attraktives Weib.

„Mein Singvögelchen. Überleg es dir in aller Ruhe! Ich weiß: Schön singen, kann man nicht erzwingen. Da könnten hässliche Töne rauskommen. Die Alternative sollte dir klar sein. Unsere Regierung, wir Militärs dulden keine Terroristen..."

„Ich bin keine Terroristin!"

„Das, mein Täubchen, bestimmen wir. Ihr, du und Agustín, seid als Subversive festgenommen worden. Alle wissen doch oder ahnen es, was wir mit solchem Abschaum machen. Du und dein Bandoneonspieler habt mehr Glück als Verstand. Ihr dürft stattdessen Tangos spielen und singen. Und wenn du schön mitmachst, mein Singvögelchen, tanze ich mit dir sogar eine Milonga. Natürlich gibt es kleine Einschränkungen. 'Cambalache' wird nicht gesungen, nicht dieser nihilistische Dreck von diesem Discépolo. Oder Ähnliches. Gott sei Dank!"

„Gott sei Dank?", unterbrach sie ihn. „Wie kannst du, wie könnt ihr nur seinen Namen in den Mund nehmen?"

„Wir, die Regierung, vertreten im Gegensatz zu euch Subversiven alle guten katholischen und nationalen Werte. Aber lassen wir doch diese Worte. Überleg dir in Ruhe, ob du auf mein großzügiges Angebot eingehen willst oder nicht! Ich werde jetzt nach nebenan gehen und deinem Bandoneonspieler die Lage schildern, eure Lage. Danach könnt ihr beide euch gerne mit einander austauschen. Aber strapaziert nicht meine Geduld und die Geduld meiner Männer! Eigentlich haben wir gar keine Geduld mit Leuten wie euch. Bis später, mein Täubchen, bis später."

15.

Die Tür wurde aufgerissen und Agustín in den Raum gestoßen. Dolores sprang auf und umarmte den Stolpernden.

„Mein Gott, wie siehst du aus, mein Liebling?"

Sie küsste ihn, sie küssten sich.

„Ich bin soweit in Ordnung, Dolores. Nur ein paar Schrammen, ein paar blaue Flecken. Aber wie geht es dir?"

„Mich haben sie eigentlich nicht angerührt. Aber dich...was haben sie mit dir gemacht?"

„Beruhige dich, Dolores! Sie sind etwas rau umgegangen mit mir. Wenn das alles wäre..."

„Ach, mein Liebling. Dieser Sanchez will, dass wir auftreten. Aber warum uns dann entführen, festhalten? In der Zelle hatte ich schon alle Hoffnung aufgegeben. Getrennt von dir. Ich hatte solche Angst um dich."

„Was meinst du wohl, wie ich um dich bangte? Ich sah dich schon gefoltert, vergewaltigt."
„Nein, nein, es war eine ertragbare Hölle. Sie tasteten mich eigentlich nicht an. Es war mehr der Schock, die grausen Vorstellungen, die Angst um dich. Was soll das alles?"
„Wir sind Subversive für sie. Du singst Tangos. Ich bin Student solcher verfänglichen Fächer wie Geschichte, Philosophie und Soziologie. Als Student dieses Geschichtsprofessors auch noch, den sie samt Familie verschwinden ließen. Und als Tangospieler."
„Du meinst, damals wegen 'Cambalache'?"
„Nein, das glaub ich nicht. Wir waren ja sehr leise. Es gab keine Zeugen. Nein, wir standen auf einer Liste. Auf der Liste dieses elenden Maats."
„Aber warum nur?"
„Wir sind für sie nützliche Idioten. Aber eben Subversive, weil wir nicht genau so sind wie die. Das unterstellen sie eben. Und sie haben ja Recht damit."
„Sagt das jetzt der räsonierende Philosoph?"
„Vernünftig ist, was wirklich ist."

„Du spinnst wirklich", schrie sie und stieß ihn von sich.

„Entschuldige, Dolores, der Philosophiestudent ist mit mir durchgegangen. Das ist nur eine private Abrechnung mit Hegel."

„Wer ist denn das nun wieder?"

„Vergiss es!", antwortete er und nahm sie in seine Arme. „Sie wollen uns benutzen. Wir sollen Tangomusik machen. Damit ziehen wir, so ihre Denke, andere Subversive an."

„Und dann?"

„Und dann nehmen sie die ran. Und sicherlich nicht so mit Samthandschuhen wie dich und mich."

„Aber das ist ja verrückt! Das ist pervers! Und wir sollen da mitmachen? Wir machen uns da ja mitschuldig an ihrer Barbarei. Nein, nein!"

„Wenn wir nicht mitmachen, behandeln sie uns wie andere Subversive. Wir ahnen doch alle, was sie mit Festgenommenen machen. Und am Ende lassen sie uns verschwinden."

„Und wenn wir mitmachen?"

Agustín zögerte eine Weile, wusste nicht, ob er weitersprechen sollte.

„Sprich schon! Wir stecken in der Scheiße. Das weiß ich doch auch."

„Wenn wir mitmachen, Dolores, sind wir zunächst

auf der sicheren Seite. Sie glauben, uns zu brauchen. Wir haben sozusagen Schonfrist."

„Und danach?"

„Wenn wir nicht mehr nützlich sind, sind wir nur noch Subversive für sie, Terroristen, was immer sie wollen."

„Und?"

„Wir haben ihre Gesichter gesehen. Die lassen keine Zeugen am Leben. Irgendwann lassen sie uns verschwinden."

Dolores starrte ihn an. Schließlich murmelte sie:

„Dann machen wir erst gar nicht mit."

Er zog sie an sich und flüsterte ihr ins Ohr:

„Wir haben eine kleine Chance. Ich habe ja öfters hier in der Hafengegend in alten Gebäuden notdürftig übernachtet. Es gibt überall Schächte, Kanäle, Ausgänge zum Wasser. So lange es für die Kerle gut läuft, sind sie zufrieden, werden vielleicht nachlässig. Vielleicht gibt es dann eine Chance zur Flucht. Jetzt lass uns erst mal als Duo Patria auftreten. Dann sehen wir weiter."

Dolores stieß ihn von sich und schrie:

„Duo Patria? Was soll das?"

„Diesen Namen habe ich Sanchez vorgeschlagen."

„Ich weiger mich..."

„Dolores, hör zu und denk mit! Wenn wir zwei die

Patrioten sind, was sind dann wohl diese Scheißkerle?"

Sie runzelte die Stirn, überlegte und meinte dann:

„Verstehe. Wenn ich noch lange mit dir zusammen bin, werde ich noch zur Philosophin."

16.

Das Café Paradies wurde eröffnet. Durch Mundpropaganda war das Ereignis bekannt gemacht worden. Um Mitternacht würde das Duo Tango Patria auftreten. Der Maat trat in das Zimmer, in dem sich Dolores und Agustín für den Auftritt umgezogen hatten. Sanchez musterte die beiden und sagte:

„Schick, schick. Ich hoffe, dass ihr weiter vernünftig seid. Ihr wisst: Bei der geringsten ungereimten Bewegung oder Äußerung von euch, ist das gemütliche Leben hier zu Ende. Ihr wisst schon, was ich meine. Kein Kontakt zu den Gästen. Wenn irgend etwas ist, bin nur ich oder sind meine Männer dafür da. Wenn ihr pissen müsst, gibt es für euch nur die Toilette im Hintertrakt."

Der Maat ging zur Tür und wandte sich nochmals um.

„Und vergesst nicht: keine schmutzigen Lieder! Kein 'Cambalache' oder ähnliches dreckiges Zeug! Ihr bleibt schön auf der Bühne oder dahinter. Enttäuscht mich und den Kapi...enttäuscht mich nicht! Spiel schön, Agustín! Sing schön, Dolores! In einer halben Stunde ist euer erster Auftritt."

Sanchez verließ den Raum. Die beiden sahen sich an.
„Wollen wir da wirklich mitmachen, Agustín?"
„Dolores, wir haben das schon x-mal durchdiskutiert. Willst du zurück in die ESMA? Diesmal wäre es die harte Tour: Folter, Vergewaltigung, Tod. Die lassen keine Zeugen am Leben. Nein, unsere einzige Überlebenschance ist mitzumachen. Wenn alles ihrer Meinung nach klappt, werden sie uns hier hinten nicht ständig beobachten. Ich habe dir doch schon gesagt: In dem Gemäuer des alten Schlachthauses hier im Hafen gibt es sicher Ausstiegsluken, Abwasserkanäle oder so etwas. Das werde ich rauskriegen."
„Wie denn? Wir sind hier eingeschlossen?"
„Ach was, das ist ein einfaches Türschloss. Ich bastle mir einen Dietrich. Habe ich einen Fluchtweg gefunden, dann..."
„Du träumst, Agustín."
„Nein, das ist eine konkrete Utopie. Wir verursachen einen Brand, und in dem entstehenden Chaos fliehen wir."
„Und bis dahin spielen wir deren Spiel mit?"

„Dolores, willst du in der ESMA oder im Meer verrecken?"

„Nein, natürlich nicht. Aber ich will auch nicht..."

Sie wurde unterbrochen. Einer der Matrosen hatte die Tür aufgeschlossen, riss sie auf und schrie:

„Ihr seid jetzt dran!"

Als Dolores an ihm vorbei ging, legte er ihr eine Hand auf den Hintern und flüsterte ihr ins Ohr:

„Und irgendwann sind wir beide dran."

Das Café war gut besucht. Es gab ein Gratisgetränk zur Eröffnung. Man war neugierig, man wollte tanzen. So viele Milongas gab es in diesen Tagen in Buenos Aires nicht. Dolores und Agustín wurden mit viel Applaus begrüßt, und den gab es dann auch nach jedem Tango. Einige der Gäste erkannten die zwei auf der Bühne. Die beiden erkannten einige unter den Tanzenden, doch Dolores und Agustín schauten stoisch ins Nichts. Ein paar Leute da unten wussten, dass das Duo vor einigen Tagen verschwunden war. Jetzt spielten und sangen sie da oben. Man konnte sich da unten keinen Reim darauf machen. Man genoss einfach die Musik, man genoss den Tanz.

Auch Kapitän Kaufmann war zur Eröffnung gekommen. Natürlich in zivil. Er saß an der Bar und trank ein Bier. Von den Gästen kannte ihn wohl keiner. Er hatte noch nie in dieser Gegend und in diesen Kreisen verkehrt. Die meisten Gäste waren für ihn Abschaum. Mit dem Abschöpfen würde man aber noch ein wenig warten. Wenn das Café, wenn die Milonga zur Gewohnheit geworden wäre, würden die Besucher mehr aus sich herausgehen, sich offenherziger zeigen. Subversive waren das doch alle, dachte er, während er die Tanzenden beobachtete.

Dann konzentrierte er sich auf das Duo. Die Kleine hatte keine schlechte Stimme, rauchig zwar, aber sie konnte singen. Und sie sah appetitlich aus. Das musste er zugeben. Der Bandoneonspieler war gut. Noch brauchte man ihn. Irgendwann waren die beiden da oben aber nicht mehr von Nutzen.

Der Maat stellte sich neben den Kapitän und ließ sich auch ein Bier reichen.

17.

Matrose Pedro strich, wann immer er konnte, um Dolores herum. Er war scharf auf sie. Als er ihr eines Tages an den Busen griff, stieß ihn Agustín, der hinter ihr ging, zur Seite. Worauf Pedro ihn niederboxte.

Als er ihn mit Fußtritten zusetzte, warf sich Dolores dazwischen.

„Hör auf, Pedro! Sonst sag ich Sanchez, dass du mich nicht in Ruhe singen lässt. Du verstehst! Und du, Agustín, benimm dich nicht wie ein dummer Stier!"

Der Matrose zog unter Drohgebärden ab. Dolores kümmerte sich um Agustín und half ihm auf die Beine. „Lieber, reiß dich zusammen! Vielleicht kann der Esel uns noch nützlich sein. Falls er handgreiflich wird, wende ich mich an Sanchez und drohe, nicht mehr zu singen."

„Und du meinst, das funktioniert?"

„Wird sich zeigen. Lass mich mit diesem Pedro ein wenig flirten, um ihn kirre zu machen."

In einer der Gesangspausen begegnete Dolores von der Toilette kommend dem Matrosen. Sie lächelte ihn an und flüsterte ihm zu:

„Pedro, vergiss einfach den Bandoneonspieler! Du bist doch viel besser gebaut. Und kräftiger bist du auch. Aber sag mal: Wer ist denn der distinguierte Herr, der da manchmal an der Bar mit Sanchez zusammensteht. Irgendwie passen die zwei nicht so richtig zusammen. Sie scheinen aus zwei verschiedenen Welten zu stammen."

Pedro hatte solche Fragen schon öfters überhört, aber diesmal hatte ihm Dolores ein Küsschen auf die Wange gegeben, und er schmolz dahin.

„Das ist der Kapitän. Unser Vorgesetzter. Der hatte doch die Idee zu diesem Café. Tut immer so vornehm. Aber er ist nicht besser als wir anderen, glaub mir. Der hat eine Blitzkarriere hinter sich. Seine Frau ist die Tochter des Admirals. Du verstehst schon. Aber, Teufel, warum erzähle ich dir das alles? Vergiss, dass ich dir das erzählt habe. Sonst...“

„Sonst?“

Aber Pedro sagte nichts mehr und riss sie an sich. Dolores konnte sich freimachen.

„Tut mir Leid, mein Lieber, aber ich muss auf die Bühne zurück. Die Pflicht ruft.“

18.

Nach der Milonga, in ihrem Zimmer mit Agustín wieder alleine, berichtete Dolores, was ihr der Matrose erzählt hatte. Doch Agustín war mit etwas Anderem beschäftigt. Er saß halb nackt auf dem Bett und spielte auf dem Bandoneon.

„Du hörst gar nicht zu, Agustín.“

„Entschuldige, aber ich komponiere gerade an einem neuen Stück.“

„Du hast Nerven!“

„Und auch ein Liedtext geht mir durch den Kopf. Arbeitstitel: Tango Totenkopf."

„Du lieber Gott, Agustín! Als hätten wir nicht genug Schreckliches um uns. Du bist ein hoffnungsloser Fall! Sind eigentlich alle Philosophen so wie du? Was macht eigentlich deine Reimerei? Willst du die auch vertonen?"

Er legte sein Bandoneon zur Seite.

„Meinst du die Schweinesache? Einen Textentwurf habe ich im Kopf. Willst du hören?"

„Klar, schieß los!"

Und Agustín deklamierte:

> *„Hier liegt ein großes Mutterschwein*
> *mit sieben Schweinchen, ziemlich klein.*
> *Es schnullern Schwestern, schnullern Brüder,*
> *es herrscht ein wahres Zitzenfieber.*
> *Satt bin ich an Muttermilch,*
> *ein vollbesoffner Schweineknilch.*
> *Wir sieben Schweinchen wachsen noch,*
> *doch vor uns schwarz des Schicksals Loch.*
> *Den ersten von uns sieben Kleinen*
> *den schnappt ein Fuchs an Hinterbeinen.*
> *Und das nur, weil wir draußen fraßen*
> *auf einem grünen Freiluftrasen.*
> *Der Bauer sperrt uns wieder ein.*

Was nützt ein fehlend' Freiluftschwein?
  Im Stall da tollen Schwestern, Brüder,
  im Sechserpack wir drunter-drüber.
Doch plötzlich fehlen bei uns hier
die Schweine zwei bis Nummer vier.
  Der Bauer hat sie eingesackt
  und als Spanferkel aufgezwackt.
Drei Schweinchen bleiben jetzt noch über
und gucken zu dem Bauer rüber.
  Der plant schon einen Hochzeitsschmaus
  und holt sich Fünf und Sechs heraus.
Sie kommen in den Bräter rein
als Gulasch oder Schweineklein.
  Ich geh in mich, ich quiek leiser
  und denke mir als stiller Weiser:
Ich hab' kein Schwein, ich bin es bloß.
Das ist und bleibt der Schweine Los."
  Ein letztes Mal mich umgeschaut,
  bevor zu Wurst ich werd' versaut."

Dolores kicherte.

„Agustín, wenn du das veröffentlichst, bist du ein toter Mann. So eine sarkastische Kritik an der Situation in unserem Argentinien. Die angeblichen Kinderbuchreime nimmt dir keiner vom Regime ab. Wenn sie schon Discépolo Defätismus vorwerfen."

19.

Im Café Paradies gab es nie eine Razzia. Nie ließ sich die Polizei blicken. Sie stand in der Nähe – in gehörigem Abstand. Nach den ersten Wochen gab es dann die ersten Festnahmen. Der Maat gab per Funk die Meldung durch, dass jetzt ein Subversiver oder ein subversives Paar die Milonga verlassen habe.

Das ging einige Wochen so. Man irrte sich nie: Wer hier Tango tanzte, konnte nur subversiv sein. Der Kapitän registrierte eine gute Erfolgsquote. Aber in den Folgemonaten bröckelte der Besucherstrom ab. Der Zusammenhang zwischen Milongabesuch und Verschwinden von Personen blieb nicht unbemerkt.

Eines Abends bei einer Familienfeier im Hause des Admirals nahm dieser seinen Schwiegersohn zu Seite. „Hör mal, Adolfo! Ich wurde diese Tage vom amerikanischen Botschafter angesprochen. Es gäbe da Gerüchte bezüglich eines Cafés, eines „Café Paradies". Nein, nein, unterbrich mich nicht! Ich weiß nichts davon und ich will auch nichts davon wissen. Die Zeiten ändern sich. Die Fußball Weltmeisterschaft steht vor unserer Tür. Wir müssen der Welt eine weltoffene Stadt Buenos Aires präsentieren, ein weltoffenes Argentinien. Wir haben doch die Terroristen praktisch eliminiert, die Gesellschaft ist befriedet, wir sind eine christliche Nation. Aber wem sage ich das. Die Operation, von der ich nichts weiß und nichts wissen will, muss beendet werden. Dieses Café wird ein ganz normales Café, in dem Gäste aus aller Welt ihren Kaffee trinken können und, wenn es sein muss, auch mal Tango tanzen können. Wir verstehen uns, Adolfo?"

Auf der Heimfahrt schaute Antonia zu ihrem Mann am Steuer.

„Was wollte mein Vater von dir?"

„Geschäftliches."

„Und?"

„Das geht dich nichts an. Auch besser so für dich. Sei froh, dass du dich nicht um diese Geschäfte kümmern musst."

„Mordsgeschäfte?"

Er trat auf die Bremse und fuhr dann rechts an den Straßenrand.

„Halt einfach den Mund, Antonia! Genieße einfach das Luxusleben, das du führen kannst!"

„Mach mir ein Kind, damit ich ein anderes Leben führen kann."

„Zum Teufel nochmal."

„Teufel? Bisher hast du immer dem lieben Gott die

Schuld dafür gegeben. Ich war schon bei mehreren Frauenärzten. Alle sagen, dass es nicht an mir liegt."

„Ah, dann muss es also an mir liegen?"

„Bis zum Beweis des Gegenteils ist das wohl so."

„Also gut. Du willst es ja unbedingt wissen. Hier", sagte er, zog einen Notizblock aus seiner Jackentasche und einen Kugelschreiber. Er schrieb etwas auf das Blatt, riss es ab und reichte es ihr. Er hatte geahnt, dass das eines Tages kommen würde.

„Was soll das?"

„Das ist die Adresse einer Frau und eines Mädchens. Das Mädchen ist von mir. Und wenn du genau prüfst, wirst du feststellen, dass sie gezeugt wurde, bevor wir uns kennengelernt haben."

Adolfo startete den Motor und fuhr weiter. Antonia starrte auf den Zettel und schwieg, bis sie zu Hause ankamen.

„Warum sollte ich dir glauben?", fragte sie später, als die beiden ohne sich zu berühren im Bett lagen.

„Frag die Frau!"

„Sie wird nicht wagen, der Tochter eines Admirals die Wahrheit zu sagen. Oder überweist du Alimente an sie?"

Er antwortete nicht, tat so, als wäre er eingeschlafen.

„Ich weiß, dass du nur so tust, als würdest du schlafen. Ich habe dir schon einmal gesagt: Ich will kein gestohlenes Kind. Ich bin die Tochter des Admirals."

Er drehte sich um, packte sie am Arm, dass sie vor Schmerzen aufschrie und herrschte sie an:

„Und was bin ich?"

„Lass mich los! Du tust mir weh! Was du bist? Ich weiß nur, wer du bist: der Sohn eines Schlachtmeisters."

„Verdammt! Ich hab dir schon tausend Mal gesagt: Mein Vater war Schlachthausgroßbesitzer. Das hat dich damals nicht gestört, als wir heirateten."

„Tja, offenbar war ich so von dem schmucken Offiziersrock geblendet. Und dass dich mein Vater empfahl. Warum eigentlich?"

20.

Agustín saß auf dem Bettrand und spielte leise Bandoneon; Dolores lag neben ihm und summte die Melodie mit. Plötzlich richtete sie sich auf, setzte sich neben ihn und legte ihm den Arm um die Schultern.

„Agustín, ist es nicht verrückt? Wir haben noch nie mit einander Tango getanzt."

„Du hast Recht, mein Engel", erwiderte er und legte das Bandoneon neben sich. „Dabei nehme ich dich so gerne in meine Arme."

„Also, komm, nimm mich in die Arme! Lass uns tanzen! Unseren ersten Tanz!"

Beide standen auf und blickten sich in die Augen.

„Dolores, wer weiß, unseren ersten und vielleicht unseren letzten Tanz."

Sie legte ihm einen Finger auf die Lippen und flüsterte:

„Pst!"

Er nahm sie in die Arme.

„Dolores, einen Tango ohne Musik."

„Aber die Musik und die Worte haben wir doch in uns."

„Das stimmt. Und was tanzen wir?"

„Wie wär 's mit 'Mi Buenos Aires Querido'?

Agustín verzog erst das Gesicht, doch dann stimmte er mit einem Lächeln zu.

„Ja, tanzen wir unser geliebtes Buenos Aires. Die Luft zum Atmen ist hier so gut."

Und so tanzten die beiden einen langen, langsamen, stillen Tango auf der kleinen Fläche vor dem Bett. Danach standen sie da und küssten sich.

„So schön habe ich noch nie getanzt, Agustín. Ich könnte so eine Ewigkeit mit dir tanzen."

„Ja, Dolores, das war ein Gedicht. Du singst nicht nur fantastisch, du tanzt auch fantastisch."

„Schmeichler. Aber ja, wir sind schon ein Traumpaar. Schade nur..."

„Was ist schade?“

„Dass du heute so viel Knoblauch gegessen hast.“

Agustín trat einen Schritt zurück und rief in gespielter Entrüstung:

„Wie? Du Biest! Du hast doch das Gleiche gegessen.“

Es kam zu einer komischen Jagd durch den Raum, sie hopsten auf und übers Bett, und dann lagen sie sich wieder in den Armen und küssten sich erneut.

„Agustín, wir sind verrückt. Wir tanzen auf so dünnem Eis.“

„Irgendwann bricht jeder ein“, entgegnete er.

Da legte ihm Dolores wieder einen Finger auf die Lippen und flüsterte:

„Sei still! Lass uns einfach immer weiter tanzen, immer weiter.“

21.

Kapitän Kaufmann saß hinter seinem Schreibtisch in der ESMA. Vor ihm stand der Maat stramm.

„Rühren, Sanchez! Ich bin mit dir und deinen Männern zufrieden. Unser Unternehmen ‘Café Paradies‘ hat uns eine ganze Reihe Subversiver ins Netz gelockt. Schade, aber wir müssen die Operation beenden. Befehl von oben. Die Zeiten haben sich geändert. Offiziell gibt es keine Subversiven mehr. Und die Gringos der US-Regierung haben angemahnt. Wir müssen die Sache einstellen. Verstanden?"

„Jawohl, Herr Kapitän. Und unser kleines Orchester?"

„Sanchez, was für eine idiotische Frage. Seit wann lassen wir Zeugen weitersingen?"

„Natürlich nicht, Herr Kapitän."

„Also, ihr bringt ein Schild an. Danach ist das Café ab sofort geschlossen. Sagen wir, aus Sicherheitsgründen auf Anordnung der Feuerwehr. Später sehen wir, was wir mit dem Etablissement machen. Vielleicht einfach vermieten. Heute Abend bringt ihr dann unser Duo hierher. Die schönen Zeiten sind für die beiden vorbei. Du und deine Männer können sie ja auf die neue Situation schon vorbereiten. Ihr habt die beiden im Café so zartfühlend behandelt."

Der Kapitän grinste und duldete es, dass der Maat auch grinste.

„Abtreten!"

Später versammelte Sanchez seine Männer an der Bar des Café Paradies und teilte ihnen das Ende der Operation mit. Jetzt müsse aufgeräumt und später das Duo in die ESMA gebracht werden.

„Verdienen die beiden Terroristen nicht, eine Abreibung?", fragte einer der Männer unter dem beifälligen Gemurmel der anderen. „Dieser arrogante Musiker und diese Sängerin haben wir so verhätschelt. Die bilden sich noch was drauf ein."

„Ja", rief ein anderer. „Wir haben sie ein paar Wochen wie zahlende Gäste behandelt. Und diese Nutte wackelt mit ihrem Arsch, als wäre sie und der tabu."

Sanchez hatte Mühe, die Männer zu beruhigen.

„Also hört mal her! Jetzt esst ihr erst mal zu Mittag. Dann darf jeder von euch mit den beiden spielen. Allerdings nehme ich mir diese Dolores als Erster vor."

22.

Agustín stürzte in das Zimmer, in dem Dolores noch schlummerte. Er rüttelte sie wach, während er ihr den Mund zuhielt, und flüsterte:

„Dolores, es wird ernst. Das Café wird geschlossen. Ich habe die Matrosen belauschen können. Wir werden in die ESMA gebracht. Du weißt, was das bedeutet. Die lassen keine Zeugen überleben. Ich geh jetzt und leg Feuer, wie abgesprochen. Im Chaos versuchen wir zu fliehen und unterzutauchen. Das ist unsere einzige Chance."

Er gab ihr einen Kuss und schloss die Tür hinter sich. Dolores war erstarrt, doch nur für einen Augenblick.

Dann riss sie sich das Nachthemd vom Leib und suchte ihre Kleidung zusammen. Sie schrak zusammen, als die Tür geöffnet wurde. Der Maat stand da und grinste.

„Ah, du hast dich schon für mich ausgezogen, mein Täubchen."

Er schloss die Tür, riss sich die Hose herunter und stürzte zu ihr. „Wehr dich! Das mag ich."

Er warf sie aufs Bett und sich auf sie. Doch sie wehrte sich nicht, breitete die Beine auseinander und ließ ihn in sich eindringen.

„Was soll das? Warum wehrst du dich nicht?"

„Ich hab mich noch nie gegen einen Fick gewehrt."

„Wie, du Schlampe", schrie er und hieb ihr ins Gesicht.

„Übrigens, ich habe es gern anders herum?"

„Andersherum?"

„Ja, ich reite gern auf Männern."

Sanchez bekam einen Lachanfall, wälzte sich auf dem Bett herum und kullerte auf den Boden. Er drehte sich auf den Rücken und schrie:

„Na komm, du Nutte, und reit auf mir!"

Dolores lächelte, zog sich ihre Stöckelschuhe an und flüsterte:

„Ich komme."

Dann stellte sie sich mit gespreizten Beinen über ihn.

Er starrte ihr zwischen die Beine. Sie hob das eine an und stieß ihm dann den spitzen Absatz mit aller Gewalt ins Herz. Dolores zog sich hastig etwas an und stürzte aus dem Zimmer.

Im Flur drang ihr Rauch entgegen. Verwirrt rannte sie zunächst in die falsche Richtung. Als sie es bemerkte, lief sie zurück und sah, wie einer der Matrosen in der Tür des Zimmers stand und auf den toten Maat starrte. Der Matrose erblickte sie, packte sie und schleuderte sie gegen die Flurwand. Sie fiel zu Boden. Er trat ihr mit seinem Stiefel krachend auf Arme und Beine. Als er ihr zuletzt den Kopf eintreten wollte, wurde er von dem zurückgeeilten Agustín von hinten niedergeschlagen.

„Dolores, komm! Wir haben keine Zeit zu verlieren. Komm!"

Aber sie konnte sich nicht mehr richtig bewegen. Er hob sie auf und trug sie davon. Keine Sekunde zu spät, denn die anderen Matrosen kamen. Sie kümmerte sich kurz um ihren auf dem Boden liegenden Kameraden, mussten aber die Verfolgung wegen der starken Rauchentwicklung abbrechen. Sie trugen den Verletzten und die Leiche des Maats zum Ausgang.

Die Feuerwehr konnte nur noch verhindern, dass die Flammen auf Nebengebäude übergriffen. Das Gebäude mit dem Café Paradies brannte nieder.

23.

Agustín war es gelungen, mit Dolores zu entkommen. Er hatte sie durch das labyrinthische Kanalsystem am Hafen geschleppt und dort versteckt die Nacht abgewartet. Er fühlte sich so hilflos mit der vor Schmerzen wimmernden Dolores. Sie brauchte unbedingt Hilfe, doch konnte er sie keinesfalls in ein Krankenhaus bringen, wo sie eigentlich hingehörte. Einen Arzt, dem er vertrauen konnte, kannte Agustín nicht. Ihm fiel nur eine Adresse ein, die seines verschleppten Geschichtsprofessors. Lange rang er mit sich. Er litt Gewissensqualen. Wie konnte er nur die alte Dame in eine hochnotpeinliche Sache hineinziehen. Wäre es nur um ihn gegangen, hätte er diese Lösung erst gar nicht in Erwägung gezogen. Aber hier ging es um Dolores.

Im Schutz der Dunkelheit machte er sich auf den langen Weg. Mal trug er Dolores, mal schleppte er sie mit sich. Die Schmerzen ließen sie immer wieder halb ohnmächtig werden. Begegneten sie Nachtschwärmern, schimpfte Agustín los:

„Magdalena, musstest du dich so volllaufen lassen? Es ist wirklich eine Schande! Pfui Teufel!"

Es begann schon zu dämmern, als sie das Haus des Professors erreichten. Agustín musste mehrmals das verabredete Klopfzeichen geben. Glücklicherweise hatte die alte Dame einen leichten Schlaf.
Erst konnte sie es gar nicht richtig glauben, dass da Agustín vor der Tür stand. Seit vielen Wochen hatte sie nichts mehr von ihm gehört und befürchtet, dass diese Verbrecher auch ihn verschleppt hätten.

Agustín hatte schon allen Mut verloren. Wenn das Haus gar nicht mehr von der Mutter des Professors bewohnt wurde? Vielleicht war sie, eine alte Frau, ja auch einfach gestorben. Es war so viel Zeit seit ihrem letzten Wiedersehen vergangen. Aber dann hörte er, wie die Tür aufgeschlossen und geöffnet wurde.
„Ich bin 's, Agustín. Aber ich bin nicht allein."
Er trat ein und zog Dolores hinter sich mit herein.
Die alte Dame starrte ihn und den Frauenkörper entsetzt an. Etwas Schreckliches musste sich ereignet haben.

Agustín trug Dolores ins Wohnzimmer, legte sie dort auf das Sofa und erzählte. Dann stammelte er:

„Entschuldigen Sie, Señora, ich wäre nie gekommen, wenn es um mich gegangen wäre. Das wissen Sie. Ich wollte Sie nie in Gefahr bringen. Aber ich weiß nicht wohin mit der armen Dolores. Sie braucht so nötig Hilfe, die ich ihr nicht geben kann."

Die alte Frau hörte schweigend zu, während Agustín über die vergangenen Wochen berichtete. Als er zu Ende war und sie flehend ansah, richtete sie sich auf. „Agustín, es ist richtig, dass Sie zu mir kommen. Ich habe ja so oft Hilfe angeboten. Jetzt werde ich helfen. Was kann mir denn noch passieren? Ich bin alt, der Tod steht eh vor meiner Tür. Mir kann keiner mehr Angst machen. Verloren habe ich ja doch alles, was mir wert war. Ihr könnt euch beide hier verstecken." Dem aber widersprach Agustín. Eine zusätzliche Person im Haus war schon ein großes Wagnis. Allein die Notwendigkeit, Nahrungsmittel für plötzlich zwei Personen zu besorgen, war eine Herausforderung. Für drei Personen einzukaufen, das würde erst recht auffallen.

„Sie sind ein Engel, dass Dolores hier bleiben kann. Die ersten Wochen wird sie auch sicher ihre Hilfe brauchen. Eigentlich hätte sie einen Arzt nötig, aber das ist einfach zu gefährlich. Vielleicht geschieht ja ein Wunder..."

„Agustín, Sie glauben doch etwa nicht an Wunder? Ich haben den Glauben daran längst verloren. Ich helfe der armen Frau, soweit es möglich ist. Das ist doch das Mindeste, was ich für Sie, Agustín, tun kann. Sie waren für mich da, jetzt bin ich für Ihre Freundin da. Kommen Sie, tragen Sie Dolores nach oben in eines der Zimmer. Und wenn Sie dann wirklich glauben, gehen zu müssen, dann gehen Sie, so lange es noch nicht ganz hell ist. Ich werde Ihre Freundin verarzten, so gut ich es als ehemalige Krankenschwester kann. Aber ich bin keine Ärztin. Wer weiß, ob und wie ihre offenbar gebrochenen Knochen wieder zusammenwachsen."

24.

Kapitän Kaufmann schnaubte vor Wut, als die vor ihm stramm stehenden Matrosen Bericht erstatteten. „Ihr Idioten, ihr seid alle degradiert! Und Sanchez lässt sich auch noch von einem Weib umbringen!"
Er starrte auf ein Foto, das die Leiche des Maats mit dem Schuhabsatz in seiner Brust zeigte. Eine Grimasse verzerrte das Gesicht Kaufmanns. Er zerriss das Foto in kleine Stücke und bellte:
„Eine Schande für die Marine ist das! Eine Schande!"

Der Zorn übermannte den Kapitän erst recht, als ihm später mitgeteilt wurde, dass in dem ausgebrannten Gebäude keine Leichenreste zu finden waren. War das Duo entkommen? Liefen also zwei Zeugen frei herum? Tobend ließ er die degradierten Matrosen zu sich kommen und brüllte sie an:

„Ihr sucht jetzt Tag und Nacht ganz Buenos Aires nach diesen zwei Typen ab! Und wenn notwendig, ganz Argentinien und Uruguay und und...!"
Er schnappte nach Luft und donnerte weiter:
„Ihr bringt mir diese Sängerin und diesen Musiker lebend oder tot. Wenn nicht, dann landet ihr Versager in einem hundsgemeinen Lager. Dann seid ihr die Subversiven! Wegtreten!"

Die Medien meldeten die Ermordung eines Marinesoldaten und forderten die Bevölkerung zur Mithilfe bei der Suche nach den Mördern Dolores Esposito und Agustín Rios auf. Einzelheiten über die „gräßliche Schandtat" wurden nicht mitgeteilt.

25.

Agustín war noch in der Dämmerung vom Haus des Professors zu seinem halb verfallenen Haus zurückgeeilt. Als er dort angekommen war, versuchte er sich, auf dem harten Bettlager auszuruhen. Schlaf fand er keinen, obgleich er völlig übernächtigt war. Er hatte ständig Dolores' misshandelten Körper vor Augen, ihm rannen Tränen über die Wangen. Vorwürfe machte er sich, dass er Dolores nicht gleich mit sich genommen hatte. Aber hätte er diese Wahl gehabt? Vergeblich versuchte er, dieses „Hätte" aus dem Kopf zu bekommen. Geschehen war, was geschehen war. Viel wichtiger war die Frage, ob Dolores im Haus des Professors wirklich sicher war. Zumindest befand sie sich in guten Händen. Davon war er überzeugt.

Seine eigene Lage war noch viel unsicherer. Ihm war klar, dass er jetzt ständig sein Versteck wechseln musste. Immer wieder. Wie lange er das machen konnte, ohne aufzufallen? Keine Frage, dass nach ihm und Dolores fieberhaft gesucht würde. Und die Militärdiktatur könnte sich noch Jahre hinziehen. Wenn es überhaupt ein Ende dafür gäbe.

Sicher, er hatte noch ein paar studentische Freunde. Doch die würden bestimmt von Polizei und Militär kontrolliert werden. Seine Freunde aber wollte Agustín auf keinen Fall in Gefahr bringen. Erst recht konnte er nicht zu seiner Mutter und seinem Onkel. Die würden bestimmt als erste überprüft werden. Er konnte nur hoffen, dass man den beiden nichts antäte.

Agustín schmerzte in den nächsten Tagen am meisten, dass er aus Sicherheitsgründen auf jeglichen Kontakt zu den zwei Frauen verzichten musste. Sich dort hinzubegeben, wäre eine nicht zu verantwortenden zusätzlichen Gefährdung der beiden. Er zwang sich auch, dort nicht anzurufen. Das Telefon des Professors war damals ganz bestimmt überwacht worden. Vielleicht wurde es weiter kontrolliert? Diese Ungewissheit setzte ihm mehr zu, als das kümmerliche Maulwurfsleben, dass er in diesen Tagen führte.

26.

In den nächsten Wochen konnte Agustín den Schergen nur knapp entkommen. Er entschloss sich, Buenos Aires zu verlassen und hoffte, dass Dolores nicht gefunden würde. Doch dann wurde er geschnappt und in die ESMA geschleppt. Er wusste, dass das das Ende war. Sein Ende.

Er wurde gefoltert. Sie wollten wissen, wo Dolores steckte. Er schwieg. Sie folterten weiter. Als er es nicht mehr aushielt, sagte er aus, dass sie bei dem Fluchtversuch ertrunken sei. Ihr seien ja mehrere Knochen gebrochen worden. Sie habe nicht schwimmen können, und er habe sie am Ende nicht mehr mitziehen können. Die Foltermatrosen glaubten ihm zunächst nicht, folterten weiter. Doch er blieb bei seiner Aussage.

Kapitän Kaufmann kam persönlich. Er schäumte vor Wut, als Agustín immer nur wiederholte, Dolores sei ertrunken.

„Und wo ist ihre verdammte Leiche, du Hundsfott?"

„Wenn ihr sie nicht gefunden habt, dann haben sie wohl die Fische gefressen", stöhnte Agustín.

Der Kapitän schlug immer heftiger zu und schlug ihn zuletzt tot, wie er fluchend feststellen musste.

„Schmeißt den Scheißkerl ins Meer!", befahl er. „Die Fische sollen ihn fressen. Sucht weiter nach dieser Nutte! Entweder ihr findet sie oder ihre Leiche, oder..."

Er verließ den Folterraum und fuhr nach Hause. Antonia bemerkte sofort, dass er in miserablen Stimmung war und schwieg. Aber dann musste sie doch etwas sagen:

„Adolfo, du hast da Blutflecke an deiner Uniform. Hast du dich verletzt?"

27.

In dieser Nacht konnte Antonia schlecht schlafen. Sie wälzte sich im Bett. Irgendwann fragte Adolfo unwirsch:

„Was ist los mit dir? Deine Unruhe hat mich schon zum dritten Mal geweckt. Ich brauche meinen Schlaf. Ich habe den ganzen Tag geschuftet."

„Ein Schuft, wer anderes von dir denkt."

„Antonia!"

„Adolfo! Wann endlich machst du mir ein Kind?"

„Antonia, immer diese alte Leier. Ganz offensichtlich klappt es nicht mit uns beiden. Ich habe dir schon mehrmals vorgeschlagen...du kannst wählen: ein Junge, ein Mädchen oder sogar beides."

„Schweig! Mir wird übel. Die Tochter eines Admirals nimmt kein subversives Kind als ihr Kind an. Manchmal kommt mir der Verdacht, dass du überhaupt kein Gewissen hast, Adolfo."

„Antonia, lass mich endlich schlafen! Im Übrigen: Mein Gewissen ist das der Marine! Ich bin mit ihr, sie ist mit mir in bedenkenlosem Einklang. Im Gegensatz zu dir kann ich ruhig schlafen."

Teil II

1.

20 Jahre später eilte Antonia Kaufmann ihrem ins Haus tretenden Mann entgegen.

„Wo bleibst du denn, Adolfo? Du weißt doch, dass wir mit dem neuen deutschen Botschafter und seiner Frau verabredet sind. Mach dich schnell frisch!"

„Was steht denn auf der Agenda?"

„Wir gehen zu einer Milonga."

„Wie bitte?"

„Ausdrücklicher Wunsch der Gattin Helga. Sie schwärmt vom Tango Argentino. In Deutschland ist der so richtig Mode."

„Nein, Antonia, ohne mich."

„Lieber Adolfo, du weißt, dass du keine Wahl hast, wo du demnächst als Militärattaché arbeitest. Du hast doch gesagt, dass wir uns um das Ehepaar kümmern müssen. Du hast mich doch aufgefordert, mich um die Frau des Botschafters zu bemühen. Voilà!"

„Und du hast dieser Helga sicher erzählt, dass wir auf unserer Hochzeitsreise in Paris Tango getanzt hatten."

„Natürlich. Mach dich frisch, zieht dich um! Du weißt ja, dass die Deutschen Pünktlichkeit erwarten."

„Schon gut. Wo soll es denn hingehen?"

„Keine Ahnung. Helga hat eine Milonga mit Live-Musik ausgesucht. Wir werden demnächst von ihrem Fahrer abgeholt. Wir sind erst einmal zum Essen eingeladen. Mach schon! Und bereite dich seelisch darauf vor, Tango zu tanzen. Ich weiß, wie du das liebst. Helga erwartet das einfach."

Stunden später saßen das Botschafterehepaar und die Kaufmanns an einem Tisch in der Nähe der Bühne des Café Nuevo. Der Kapitän hatte zwar auch ein paar Worte mit dem Botschafter über die Möglichkeit neuer Aufträge an deutsche Waffenfirmen gewechselt, aber während des Abendessens dominierte die Frau des Botschafters das Gespräch mit dem Thema Tango Argentino. Antonia grinste nur süffisant, während Adolfo versuchte, gute Miene zum bösen Spiel zu machen.

„Herr Kapitän, an was denken Sie, wenn Sie das Wort Tango hören?", fragte die Frau des Botschafters neckisch.

„An Fango."

„Wie bitte?"

„Na: heiße Schlammkur."

Das Botschafterehepaar brach in Gelächter aus und sagte unisono:

„Was für einen Humor Sie haben, Herr Kapitän."

Das Orchester spielte, und Kaufmann musste mit Helga tanzen. Dabei achtete er nicht auf die Sängerin des Orchesters, denn er musste sich ganz auf seine Tanzpartnerin konzentrieren, die noch ziemliche Anfängerin war. Der Botschafter machte mit Antonia Konversation, da er noch weniger Tango tanzen konnte als seine Frau.

In einer Tanzpause nahm Adolfo die Sängerin etwas intensiver wahr. Was für eine alte Frau, ging es ihm durch den Kopf, so verbraucht. Und sie saß so schief auf ihrem Stuhl hinter dem Mikrofon. Aber sie sang nicht schlecht, musste er den beiden Frauen zugestehen. Beide fanden die Sängerin eine Wucht. Na ja, sie hatte keine schlechte Stimme. Irgendwie kam sie dem Kapitän sogar bekannt vor, die Stimme. Wo hatte er sie nur schon mal gehört? Antonia musste ihn ja immer wieder mit solcher Musik zu Hause belästigen. Fehlte nur noch, dass das Orchester 'Cambalache' spielte, die Sängerin diese miesen Verse sänge. Dann würde er aufstehen und gehen. Doch nein, er konnte das Botschafterehepaar ja nicht einfach sitzen lassen. Vielleicht blieb es ja auch bei sentimentalen Tangos wie beim gerade gesungenen „Mi Buenos Aires Querido".

In einer Pause gingen die beiden Frauen zur Toilette, um sich ein wenig frisch zu machen.

„Ich beneide Sie um Ihren Gatten“, sagte Helga. „Ich meine natürlich um den eleganten Tänzer. Und er hat so schöne Hände!“

„Sie wissen ja: Das Fleisch ist willig, aber der Geist ist schwach“, meinte Antonia.

„Ich verstehe nicht ganz...aber charmant, wie Sie mit dem Bibelzitat jonglieren. Übrigens: Wollen wir uns nicht duzen?“

2.

Sie saß während einer Gesangspause in Hinterzimmer des Cafés und starrte regungslos in den Spiegel. Endlich griff sie zum Lippenstift und zog ihre Lippen nach, obwohl nichts nachzuziehen war. Der Pianist trat in den Raum und rief:

„Dolores, komm, du bist wieder dran! He, was ist mit dir? Du siehst aus, als wär dir ein Gespenst begegnet. Was ist?“

„Francesco, mir ist ein Gespenst begegnet.“

„Was?“

„Ein Monster aus der Vergangenheit.“

„Wie?“

„Im Saal sitzt es.“

„Himmel, Dolores, von was, von wem sprichst du?"

„Von dem Marineoffizier von damals. Ich hatte euch davon erzählt."

„Himmel!"

„Nein, Hölle!"

„Was machen wir?"

„Wir spielen diesen Tango, ich singe diesen Tango."

„Cambalache?"

„Nein, den Tango, den damals Agustín während unserer Gefangenschaft komponiert und geschrieben hatte. Ich habe ihn euch ja schon vor langer Zeit vorgesungen und wir haben ihn geprobt. Und ich sagte: Eines Tages kommt der Tag, an dem wir ihn spielen. Heute ist der Tag, heute ist die Welterstaufführung. Jetzt ist dieser Augenblick da. Komm, reich mir den Arm, Francesco! Und sag den andern Bescheid, was als erstes gespielt wird!"

Sie griff nach ihrem Stock und hakte sich mit dem anderen Arm bei dem Pianisten ein. Als die beiden die Bühne betraten, wo inzwischen die anderen Orchestermitglieder Platz genommen hatten, wurde im Tanzsaal Beifall geklatscht. Francesco führte Dolores zu ihrem Stuhl, der hinter dem Mikrofon stand. Sie setzte sich und zog das Mikrofon zu sich.

3.

„Liebe Tangofreunde, heute gibt es eine Premiere. Ihr hört zum ersten Mal einen Tango, ein Lied, das ein Freund von mir komponiert und geschrieben hat. Ein lieber, lieber Freund. Er ist ermordet worden in der dunkeln Zeit hinter uns. Sein Mörder lebt noch. So ist das halt. Die Welt ist eben ein großer Saustall, wie uns schon Discépolo gelehrt hat. Warum singe ich heute zum ersten Mal diesen Tango von Agustín Rios? Weil heute ein ehrenwerter Ehrengast unter uns weilt. Ihm zu Ehren singe ich jetzt den ʿTango Totenkopfʿ."

Sie nickte dem Orchester zu. Ein schriller Triller des Bandoneons erklang, die anderen Musiker fielen ein, und Dolores sang:

> *„Ich krächze dir*
> *den Tango Totenkopf.*
> *Im schwarzen Schlund*
> *die Augen fehlen zwar,*
> *doch dunkle Höhlen dort,*
> *sie starrn dich an.*
> *Ihnen entkommst du nicht!*

Ich krächze dir
den Tango Totenkopf.
Die toten Augen, sie
starrn dich an, die
toten Frau'n und Männer.
Ihnen entkommst du nicht!

Ich krächze dir
den Tango Totenkopf.
All diese Schädel
zerschossen, eingeschlagen.
Ihnen entkommst du nicht!

Ich krächze dir
den Tango Totenkopf.
Ich krächze...krächze...krächze..."

Dolores konnte nicht mehr weitersingen; Tränen standen ihr in den Augen. Das Orchester hörte auf zu spielen. Da stemmte sie sich auf ihren Stock nach oben, schleuderte den linken Arm nach vorn, wies mit dem Zeigefinger auf einen Tisch in der Nähe der Bühne und rief:

„Da sitzt der Mann, der meinen Freund ermordet hat! Da sitzt unser Ehrengast. Da sitzt der Kapitän!"

Für einen Augenblick herrschte Stille im Tanzsaal, dann waren unartikulierte Geräusche zu hören. Kaufmann war aufgesprungen, starrte Dolores an und eilte dann zum Ausgang. Tänzer, die sich ihm in den Weg stellen wollten, stieß er zur Seite, verschwand und stürzte auf die Straße. Im Saal hörte man von draußen Reifen quietschen und den lauten Schlag eines Zusammenstoßes. Antonia, die wie erstarrt dasaß, schrak zusammen, sprang auf und stürzte hinaus. Das Botschafterehepaar lief hinterher.

Die Musik ruhte. Jemand kam nach einer Weile zu Dolores auf die Bühne und flüsterte ihr etwas zu. Sie griff zum Mikrofon.

„Meine Damen und Herren, entschuldigen Sie die Unterbrechung. Mir wurde gerade mitgeteilt, dass es draußen einen Verkehrsunfall gegeben hat. Es soll allerdings nur großen Blechschaden gegeben haben. Also: Alles bleibt beim Alten." Sie zögerte kurz und fuhr fort:

„ Die Milonga geht weiter."

Sie nickte den Musikern zu. Das Orchester spielte als erstes Stück Discépolos ʻCambalacheʼ. Und Dolores sang von der Schweinerei dieser Welt.

4.

Der Pianist brachte Dolores wie nach jedem Auftritt in seinem Wagen nach Haus, half ihr wie immer die Treppen zum dritten Stock hoch und wollte sich wie immer an der Wohnungstür verabschieden – blieb dann aber in der offenen Tür stehen.

„Danke, Francesco. Was ist? Willst du nicht gehen?"

„Nein, Dolores, den Rest der Nacht bleibe ich bei dir. Auf der Couch im Wohnzimmer ist ja wohl ein Plätzchen für mich."

„Wie kommst du denn auf diese Idee? Ah, ich verstehe. Nein, ich glaube nicht, dass das nötig ist. Aber wenn es dich beruhigt...danke...tritt ein. Du solltest aber deine Frau anrufen. Nicht dass sie sich Sorgen macht."

Sie setzte sich in einen Sessel und bat ihn:

„In der Küche ist eine angebrochene Flasche Wein. Hol die doch bitte und zwei Gläser. Ein kleiner Absacker wird uns nicht schaden."

Still tranken die beiden vor sich hin, aber dann konnte sich der Pianist nicht mehr zurückhalten.

„Dolores, du weißt, was jetzt kommen kann."

„Klar, bin doch kein Dummkopf. Ich habe einen Werwolf aufgeschreckt. Aber ich musste es tun.

Agustín hat es sich verdient. Ich hätte mich mehr als jämmerlich gefühlt, wenn ich so getan hätte, als wäre nichts passiert."

„Bist du dir denn sicher, dass dieser Kapitän ihn ermordet hat?"

„Nein. Vielleicht hat er sich nicht selbst die Hände schmutzig gemacht. Er hatte genug Handlanger in der Marine. Aber dieses Café Paradies – dieser zynische Name auch noch! -, dieses Café gab es auf seinen Befehl. Das hatte mir damals ein Matrose erzählt. Warum hätte er lügen sollen? Und der Kapitän war in der ESMA tätig. Es ist doch schon längst bewiesen, was das damals zur Zeit der Diktatur bedeutete. Aber Beweise? Nein, die habe ich nicht."

Sie seufzte und nahm einen großen Schluck.

„Francesco, geh nach Haus zu deiner Familie! Der Kerl wird heute sicher nicht hier auftauchen."

„Aber du weißt, Dolores, dass die große Gefahr besteht, dass er zurückschlagen wird, persönlich oder durch Handlanger. Du hast ihn in aller Öffentlichkeit angegriffen. Er ist wie ein aufgeschreckter Pampashase davongelaufen. Was für eine Blamage! Vielleicht hast du ihm seine Karriere zerstört."

„Das hoffe ich doch. Dieses Schwein. Schade, dass ich nicht an eine Hölle glaube. Ich meine eine neben dieser Erde. Er hätte es verdient, auf ewig in der Hölle zu schmoren. Vielleicht ist das die Strafe für uns Ungläubige, dass wir nicht an eine ausgleichende Gerechtigkeit glauben können."

„Dolores, du nimmst die Sache nicht so ernst, wie sie ist. Dein Leben ist in Gefahr!"

„Lieber Francesco, mein Leben war immer in Gefahr. Angefangen damit, dass ich als Frau geboren wurde. Und auch noch mit einem rollenden Po, wir Agustín so nett sagte. Den hatte ich einst, jetzt natürlich nicht mehr. Ich bin vertrocknet und ein halber Krüppel."

Sie seufzte erneut und trank das Glas leer.

„Ich bin müde, ich geh zu Bett. Aber ich bin auch sonst müde und ziemlich kaputt. Vielleicht keine schlechte Aussicht, totgeschlagen zu werden, bevor ich nur noch vegetiere. Ich bin hundemüde. Francesco, zieh die Tür hinter dir einfach zu!"

Er war schon an der Tür, als ihm Dolores zurief:

„Könntest du mich morgen zum Friedhof fahren?"

Dolores lachte laut auf, als sie sein entsetztes Gesicht sah.

„Nein, nein, Francesco. Noch bin ich nicht dran. Nein, ich will da Blumen zum Grab von Elena Cruz bringen."

„Und wer ist das?"

„Das war die Mutter des Professors von Agustín. Sie

hatte sich um mich verdient gemacht. Aber das ist eine lange Geschichte."

Ende

Tangofilosof

1.

„Kein gesunder Mensch tanzt."

Lokalchef Kurt Bauer brach in lautes Lachen aus, als ihm sein Kollege Adalbert Müller das sagte.

„Ist das deine philosophische Erkenntnis, Ade?"

„Nein, das ist ein Zitat von einem alten Römer, von Cicero."

„Lieber Ade, keiner wird es je vergessen, dass du ein paar Semester Philosophie studiert hast. Du lässt es keinen vergessen. Aber hier geht es um etwas ganz Handfestes: Du sollst über den hiesigen Tango Argentino Verein schreiben, der dieses Jahr sein 30-jähriges Bestehen feiert."

„Muss das sein? Ich meine, muss unbedingt ich das machen? Wäre doch eine schöne Aufgabe für unsere Praktikantin Petra, die..."

„Nein, in diesem Fall wird der Artikel eines Profis erwartet."

„Erwartet von wem?"

„Die Vorsitzende des Tangovereins ist eine Freundin der Familie Bucher und..."

„Der Familie der Verlagseigentümerin!"

„Genau, Ade. Und Frau Bucher hat mir diese Visitenkarte in die Hand gedrückt und..."

„Und erwartet eine hymnische Darstellung. Ich verstehe, ich verstehe, Kurt."

„Jetzt hör mal zu, Ade! Du schreibst einen soliden Bericht, keine Lobhudelei. Das erwartet Frau Bucher nicht. Sie hat sich noch nie in die Redaktionsarbeit eingemischt. Im Übrigen hätten wir eh das Jubiläum zu einem Thema gemacht. Wie bei allen Vereinsjubiläen. Dafür sind wir der Lokalteil. Die eigentliche Jubiläumsfeier findet erst Ende des Jahres statt. Du hast also alle Zeit der Welt."

„Aber ich habe keine Ahnung vom Tango Argentino, weiß nur, dass er argentinisches Weltkulturerbe ist."

„Na, da weißt du schon mehr als ich. Arbeite dich in das Thema ein. Vom Thema „Bienensterben" hattest du auch keine Ahnung und dann doch wirklich gut darüber geschrieben. Frau Bucher sagte, dass die Vorsitzende des Tangovereins unserem Mitarbeiter gerne zur Verfügung steht."

„Na toll, Kurt. Ein so wichtiges Thema – wäre das eigentlich nichts für den Lokalchef selbst?"

„Aber du weißt doch, Ade: Ich habe nicht ein einziges Semester Philosophie studiert."

„Kurt, nimm mich nur auf den Arm. Na gut, gib mir halt die Visitenkarte. Ich werde aber erst mal das Thema googeln."

„Ok, Ade. Aber dein Cicero-Zitat muss nicht unbedingt in den Artikel. Klingt etwas unfreundlich, wenn das Jubiläum eines Tanzvereins gewürdigt werden soll. Ich bin sicher, es gibt passendere Zitate."

Die fand Ade natürlich haufenweise im Internet. Zum Beispiel das Zitat eines Discépolo, wer immer das auch war: „Der Tango ist ein trauriger Gedanke, den man tanzen kann."

2.

Ade hielt den Telefonhörer weit von sich, denn am anderen Ende hatte die Teilnehmerin laut aufgelacht. Das verstand er gar nicht. Hatte er sich doch die Mühe gemacht, im Internet nach einem schönen Tangozitat zu suchen. Und da wurde er von der Vorsitzenden des Tango-Argentino-Vereins ausgelacht. Was hatte sie nur gegen die Aussage „Der Tango ist ein trauriger Gedanke, den man tanzen kann."?
„Entschuldigen Sie, Herr Müller", hörte er jetzt Frau Funkel sagen, „aber das ist so ein ausgelutschter Spruch. Ich kann ihn einfach nicht mehr hören. Abgesehen davon, dass er schief aus dem Spanischen übersetzt ist. Der argentinische Tangokomponist Enrique Santos Discépolo hatte vor vielen Jahrzehnten von einem ‚sentimiento triste' gesprochen, also von traurigem Gefühl, von Traurigkeit. Nichts da von Gedanke, nichts da von Denken.

Wenn Sie auch nur ein bisschen vom Tango Argentino erspüren wollen, dann müssen Sie ihn tanzen."

Ade räusperte sich. Er war etwas sauer. Als guter Philosoph hatte er den Eindruck gehabt, das ihm das Tangozitat etwas über das Wesen dieses Tanzes mitgeteilt habe. Etwas umständlich versuchte er seiner Gesprächspartnerin seinen philosophischen Hintergrund zu erklären.

„Du lieber Gott, Herr Müller, warum so umständlich? Wesentlich am Tango ist das Tanzen. Nicht mehr, nicht weniger. Es ist ja schön, dass Sie über unseren Verein schreiben wollen. Aber so aus dem hohlen Bauch, garniert mit ein paar ergoogelten Zitaten. Ne, das funktioniert nicht. ... Hallo, Herr Müller, sind Sie noch am Apparat?"

„Ja, ja, Frau Funkel. Was schlagen Sie also vor?"

„Nun, des guten Zwecks halber, also das Vereinsjubiläum, das in der Zeitung gewürdigt werden soll, also dafür werde ich mich opfern."

„Wie bitte?"

„Ich werde mit Ihnen ein paar Trainingseinheiten absolvieren."

„Sie wollen, dass ich mit Ihnen tanzen?"

„Schön wär ‚s. Sie können ja nicht Tango tanzen. Nein, ich werde mit ihnen Tangoschritte machen."

„Muss das sein?"

„Es muss sein, wenn Sie was halbwegs Gescheites über den Tango schreiben wollen. Oder wollen Sie das nicht?"

Ade schwieg kurz. Eigentlich wollte er gar nichts über Tango schreiben. Aber da diese Frau Funkel eine Freundin der Verlagseigentümerin war, blieb ihm einfach nichts Anderes übrig.

„Doch, doch", schwindelte er, „natürlich soll der Bericht zu Ihrem Vereinsjubiläum Hand und Fuß haben."

„Ok, Herr Müller. Übermorgen ist in unserem Tanzsaal ein Übungsabend. Ist 19 Uhr für Sie in Ordnung? Ja. Prima. Können Sie mir noch Ihre Mobilnummer geben. Meine haben Sie ja; falls bei einem von uns etwas dazwischen kommen sollte. Stellen Sie sich vor, Ihr Zeitungsgebäude brennt und Sie müssen löschen helfen. In einem solchen Falle bitte eine SMS oder eine Whatsapp."

„Ich schicke Ihnen eine Whatsapp, dann haben Sie meine Nummer."

„Schön, bis Übermorgen dann, Herr Müller. Ah, fast hätte ich es vergessen. Bei unseren Trainingsabenden kommen wir gewöhnlich alle ganz leger gekleidet. Jeans und so."

„Verstanden. Bis Donnerstag also."

„Halt, halt, Herr Müller. Haben Sie Tanzschuhe? Unser heiliger Parketttanzboden, frisch verlegt, muss schonend behandelt werden."

„Ich tanze nicht, Frau Funkel. Ich meine: Ich habe bisher nicht getanzt", sagte er und musste sich zwingen, nicht Cicero zu zitieren.

„Macht nichts, Herr Müller. Vielleicht haben Sie ja in Ihrem Schuhschrank ein paar Halbschuhe mit Ledersohle. Dann reinigen Sie die Sohlen bitte gründlich und bringen die Schuhe separat mit. So wie wir Tangoleute unsere Tanzschuhe. Falls Sie keine solche Schuhe haben, sind auch Turnschuhe möglich. Aber mit heller Sohle."

Endlich war das Gespräch zu Ende. Offenbar schaute er finster drein, denn seine Kollegin schaute ihn fragend an.

„Nichts, nichts, Maria", meinte er und brütete vor sich hin. Eigentlich hätte er diese Frau Funkel bitten sollen, ihm per Whatsapp ein Foto von sich zu schicken, damit er sie übermorgen erkennen würde, dachte er. Natürlich hätte er auch ihr ein Foto von sich zukommen lassen. Die forsche Art der Vereinsvorsitzenden ließ ihn befürchten, dass er es mit einem Feldwebeltyp zu tun haben könnte. Na ja, es soll ja auch hübsche Soldatinnen geben. Er würde sich mit seinen 1,90 Metern und 85 Kilos schon nicht ins Boxhorn jagen lassen.

3.

Am Donnerstagmittag erreichte Ade eine Whatsapp:
„Lieber Herr Filosof, ich habe noch einen Termin be-
kommen. Kann erst um 19.30 Uhr im Tanzsaal sein.
Ist das ok für Sie?"
Er antwortete:
„Liebe Tangolehrerin, das ist kein Problem.
PS: Wir schreiben noch immer Philosoph."
Sie prompt darauf:
„Was Sie nicht sagen. Ich schreibe Fotograf. Sagen Sie
mir einen Grund, warum ich nicht Filosof schreiben
soll!"

Ade blieb eine Antwort schuldig. Er ärgerte sich über
sich selbst. Warum hatte er nur so lehrerhaft korri-
giert. Aber das steckte ihm einfach in den Berufsa-
dern. Ständig musste er an Beiträgen von Praktikan-
ten und freien Mitarbeitern feilen und korrigieren,
angefangen bei der Rechtschreibung und Zeichen-
setzung. Allerdings fühlte er sich auch als Philosoph,
wenn auch nur zugegebenermaßen als Schmalspur-
philosoph. Aber Philosophie mit zwei „ph" erschien
ihm einfach bedeutender, klassischer. Sollten doch
die Italiener „filosofia" und „filosofo" schreiben.
Aber die hatten ja auch keinen Kant, Hegel oder Hei-
degger.

An Philosophie dachte Ade nicht, als er Stunden später den Tanzsaal betrat. Er hatte tatsächlich ein verstaubtes Paar Schuhe unten im Schuhschrank gefunden, Schuhe mit Ledersohlen. Praktisch unbenutzt, wie neu. Er konnte sich nicht erinnern, wie die vermutlich vor Jahren in den Schrank geraten waren. Vielleicht ein Geschenk einer verflossenen Liebe? Auf jeden Fall betrat er korrekt beschuht den Saal, in dem einige Paare tanzten. Sein erster Eindruck: Die schauten nicht gerade traurig drein. An der Musikanlage standen ein Mann und eine Frau. Diese drehte sich zur Tür, als Ade eintrat, kam auf ihn zu und reichte ihm die Hand.

„Funkel", sagte sie und schaute zu ihm auf.

Er war mindestens eineinhalb Kopf größer als sie. Er konnte es einfach nicht fassen, konnte die forsche Stimme mit der zierlichen Person vor sich nicht zusammenbringen.

„Müller", stotterte er.

„Schön, dass Sie gekommen sind. Ich hatte schon befürchtet, dass der Herr Filosof kneifen könnte." Dabei betonte sie die zwei „F" besonders, als wolle sie ihm klar machen, dass sie bei ihrer Schreibversion bleibe.

„Ein Tanzbär wie ich kneifen?"

„Ich entschuldige mich. Beginnen wir mit der Lektion. Vorab: Beim Tango duzen sich alle. Selbst die Franzosen. Ich bin die Annemarie, gerufen Anni.“

„Oh, so, das wusste ich nicht. Natürlich, in Ordnung. Ich bin der Adalbert, gerufen Ade.“

„Hallo, Adé“, sagte sie grinsend.

„Nein, nein: Áde“, korrigierte er. Jetzt ließ er sich auch noch von der lütten Person auf den Arm nehmen.

„Sie, ich meine, du, hast mich gleich erkannt?“

„Ein Tanguero, ein Tangotänzer, tritt ganz anders auf die Tanzfläche als ein Nichttänzer. Wer weiß: In ein paar Wochen, ein paar Monaten trittst du vielleicht auch schon anders auf. Aber fangen wir einfach an. Wie du vielleicht schon bemerkt hast, tanzt man beim Tango in umgekehrten Uhrzeigersinn. Du wirst sehen, dass Tango Argentino vor allem und zunächst einmal schreiten ist. Schreiten wir. Aber halt! Was hast du vor, Ade?“

„Anni, ich wollte mit dir tanzen, schreiten.“

„Na sieh mal an! Das Greenhorn hat keine Ahnung vom Tango und will schon führen. Nein, die ersten Übungsstunden werde ich führen. Deshalb habe ich flache Schuhe angezogen. Du wirst geführt von mir. Das ist ein wenig einfacher als führen, aber auch nur ein wenig. Übrigens war es in Tango-Urzeiten üblich, dass junge Männer zuerst den Frauenpart lernten.“

„Ja, das habe ich im Internet gelesen. Damals fing ja offenbar alles in Bordellen an."

„Alles brauchen wir ja nicht eins zu eins übernehmen. Also, du stehst jetzt mit dem Rücken zur Tanzrichtung. Streck deine Arme aus!"

Sie griff mit ihren ausgestreckten Armen die seinen und sagte:

„Schau auf den obersten Knopf meiner Bluse!"

Er aber blickte auf die Spiegelwand links von ihm. Sie blickte nach rechts und lachte auf:

„Du hast Recht, Ade. Ein bemerkenswerter Anblick. Ein Grizzly und eine Waschbärin vor dem ersten gemeinsamen Schritt. Ein tolles Pärchen! Jetzt schau auf mich und jetzt mach die Augen zu. Ich führe, du lässt dich führen."

Ade tat wie befohlen. Aber nichts passierte. Er versuchte einen kleinen Schritt, doch wurde er sogleich zurückgepfiffen.

„Ich führe. Warte bis du etwas spürst! Ich führe, der Impuls kommt immer von mir. Hab Geduld! Denke nicht!"

Ade zwang sich, nichts zu tun, nicht zu denken, aber nichts passierte. Oder doch? Und irgendwann fühlte er, wie Anni ihr Gewicht vom rechten Bein aufs linke verlagerte und wieder zurück. Immer wieder. Er tat es ihr nach, verlagerte vom linken Bein auf rechte und so weiter.

„Gut so", flüsterte Anni. Und dann machte sie einen kleinen Schritt nach vorn und trat Ade auf den Fuß. Er hatte nicht wahrgenommen, dass ihr Oberkörper leicht vorschob und dann ihr Fuß folgte. Mit einer wahren Engelsgeduld wiederholte Anni alles immer wieder, bis Ades Körper mitschwang und Frau und Mann durch den Raum schritten. Nach und nach fühlte Ade, dass Anni den Takt des jeweiligen Tangos aufnahm. Mal langsamere größere Schritte, mal schnellere kleine Schritte. Immer wieder verhedderte er sich, aber nach und nach klappte es besser. Das ging so eine Weile. Dann kam es zu einem Stillstand. Ade sagte entschuldigend:

„Tut mir Leid, aber ich wusste nicht, was ich machen sollte."

„Himmel, du musst gar nichts wissen. Es geht nicht um Wissen, es geht um Spüren. Dein Körper muss fühlen lernen."

Eine Stunde lang ging er rückwärts. Endlich sagte ihm Anni:

„Prima, Ade, das geht schon recht gut. Vielleicht ist der Grizzly kein hoffnungsloser Fall. Das gibt es nämlich auch."

„Kann ich mir nicht vorstellen, bei einer so charmanten Waschbärin. Allerdings habe ich, glaube ich, Muskelkater in den Beinen. Ich bin noch nie rückwärts gegangen. Und das eine unendliche Stunde lang."

„Das siehst du einmal, was wir Frauen stundenlang machen – ohne uns zu beschweren. Das war die erste Übungseinheit. Du darfst mich jetzt zu einem Glas Sekt einladen. Ich habe Durst. Gehn wir zur Bar."

„Ok, ich nehme ein Bier. Himmel, ich glaube, ich kann gar nicht mehr vorwärts gehen. Dabei heißt es in Nietzsches „Zarathustra" sehr schön: 'Besser plump tanzen, als lahm gehen.'"

„Der Filosof! Meine Aufgabe wird es wohl sein, deinen Kopf in die Beine zu bringen."

Ade lachte.

„Viel Erfolg dabei, Anni. Ich muss mich jetzt auf den Weg machen. Bin heute mit Spätdienst dran. Was machst du noch?"

Sie hatte sich inzwischen ihre Tanzschuhe mit den hohen Absätzen angezogen. War damit fast um einen halben Kopf größer, wie Ade schätzte. Sahen sexy aus, diese Stilettos. Sie stand jetzt vor ihm, zog seinen Kopf herunter und gab ihm zwei Wangenküsschen zum Abschied.

„Machen wir so, beim Tango. Danke für den Sekt. Was ich jetzt mache? Ich tanze natürlich."

Sie nickte dem Mann an der Musikanlage zu und die beiden tanzten Tango. Ade schaute kurz zu, und ihm

wurde klar: So das Bein schwingen würde er nie können, auch wenn er meisterhaft geführt würde. Und so
führen, wie das jetzt der DJ mit Anni tat, das würde
er wohl erst in 100 Jahren.

4.

Ade konnte die nächste Tanzlektion kaum abwarten.
Nicht, dass er jetzt so ganz auf den Tango abgefahren
war, aber da war ja diese Anni. Er hatte sich auf ihren
Rat ein paar Tango-CDs gekauft und versuchte in sei-
ner großen Wohnküche der Musik nach zu schreiten.
Und das rückwärts! Er wollte ja keine zu schlechte
Figur machen. Und irgendwann würde er sie richtig
tangomäßig in die Arme nehmen.

Davon war aber vorerst nicht die Rede. Es ging auch
am zweiten Donnerstag rückwärts für ihn. Allerdings lernte er den Ocho rückwärts und dann auch
noch vorwärts. Anfangs stellte er sich bärenmäßig
tapsig an, aber unter der fürsorglichen Leitung Annis, klappte es am Ende der Stunde schon ziemlich
gut. Einmal hatte sie ihn aber angeherrscht:
„Himmel, hörst du die Musik gar nicht? Das ist ein
langsamer Tango und du drehst dich im Ocho mit
einer Affengeschwindigkeit! Mir bricht fast das Herz

dabei. Ich habe den Eindruck, als wolltest du die Drehungen möglichst schnell hinter dich bringen. Als wäre das eine Pflichtübung, die rasch absolviert werden muss. Nein, nein! Genieße die Drehung. Lass dich von der Musik tragen! Wollüstig tragen."

Aber insgesamt schien sie mit seinen Tanzkünsten nicht unzufrieden zu sein, hatte er den Eindruck. Als die Übungsstunde zu Ende war ermunterte sie ihn: „Also, Ade, zu Hause Ochos üben! Anfangs kannst du dich noch an einer Wand abstützen. Das macht es mit den Achterdrehungen einfacher. Musst du gleich los? Nein? Dann schau doch eine Weile uns Tanzenden zu. Du wirst sehen: Jeder, jede bewegt sich zur selben Musik verschieden. Manche auf wunderbare Weise, manche auf abschreckende Art. Da gibt es einige Männer, die offenbar gar nicht auf die Musik hören. Ob schneller oder langsamer Tango, ob Vals oder Milonga, sie scheinen nur auf irgendwelche Tanzfiguren fixiert zu sein. Grässlich. Mit manchen Männern tanze ich nicht, ich weigere mich einfach, mich und die Musik vergewaltigen zu lassen."

Ade saß dann wirklich eine Stunde an der Bar, trank sein Bier und schaute den Tanzpaaren zu. Er unterschied schon die Tänzer, die mit den Armen ruderten und die, welche mit dem Oberkörper der Partnerin den Impuls gaben. In einer Tanzpause verabschiedete er sich von Anni, der er während der vergangenen Stunde mit den Augen gefolgt war. Irgendwann würde sie mit ihm so hingebungsvoll tanzen, hoffte er. Sie gaben sich Abschiedsküsschen, und Anni schaute ihn fragend an. Er schaute fragend zurück.

„Wie, heute kein Tangozitat? Ich bin überrascht von meinem Filosofen. Ciao, ciao, Ade."

Und schon war sie wieder auf der Tanzfläche. Als sie am späten Abend zu Hause auf ihr Handy guckte, war da eine SMS von Ade:

„Trägt doch der Tänzer sein Ohr – in seinen Zehen. (Nietzsche im Zarathustra) Gute Nacht, Ade."

Ihre Antwort war:

„Na, Herr Filosof, da hast du ja noch eine gewaltige Aufgabe vor dir. Lass dir nicht auf 's Ohr treten!"

5.

Zwei Wochen später durfte Ade in Tanzrichtung schauen und versuchen zu führen. Anfangs empfand er es als Katastrophe, denn Anni bewegte sich nicht. Als sie seinen ratlosen Blick sah, lacht sie.

„Ade, ich spüre keinen Impuls, also bewege ich mich

nicht. Du bist der Führende. Dann führe auch. Lass es mich spüren!"

„Verstanden", sagte er, zögerte aber noch und meinte: „Sollte die Tangogemeinde nicht einen anderen Begriff für das „Führen" finden? Vom ‚Führer‘ haben wir wirklich genug gehabt. Es muss doch einen weniger verfänglichen, einen weniger vorbelasteten Ausdruck dafür geben."

„Also, mein Filosof, du bist der Erste, der an dem Begriff Anstoß nimmt. Vermutlich bist du der Erste, der beim Tango statt ans Tanzen an Herrn Hitler denkt. Aber nur zu! Was schlägst du denn als Ersatzbegriff vor?"

Ade kam ins Stottern.

„Also…also…so auf Anhieb fällt mir nichts ein. Aber ich werde mir das Sprachproblem vornehmen."

„Tu das, aber bitte nach unserer Tanzstunde. Da läuft wunderschöne Tangomusik, und wir stehen hier rum und quatschen. Übrigens ein Sakrileg, finde ich, während des Tanzens zu quatschen. Ich weiß, manche Tänzer sind gar nicht zu stoppen. Gelegentlich habe ich den Tango unterbrochen und den Tanzpartner vor die Alternative gestellt: tanzen oder quatschen? Und wenn der das immer noch nicht begriffen hatte, ließ ich ihn einfach stehen."

Ade schluckte, schloss den Mund, erinnerte sich der

ersten Tanzlektion und verlagerte das Gewicht von rechts nach links, von links nach rechts. Und Anni folgte ihm. Dann ein Seitschritt, dann Vorwärtsschritte, wobei er sich zwang, die Beine dem Oberkörper folgen zu lassen. Und seine wunderbare Tanzpartnerin folgte seinen Impulsen. Zugleich versuchte er, auf die Musik zu hören, in deren Rhythmus zu schreiten. Er lud Anni zu Ochos ein, und einmal führte er sie im perfekten Moment zu einem Boleo. Eine Stunde lang tanzten sie Brust an Brust, sie mit geschlossenen Augen, er mit offenen Sinnen. Ade, der Tanguero!

„Für den Anfang nicht schlecht", sagte nach der Lektion Anni, „aber vergiss nicht, um halbwegs führen zu können – oder wie immer du es nennen willst – brauchen die meisten drei Jahre oder so."
„Wie wär es mit Impulsgeber statt Führer?"
„Ah, mein Filosof, hört mir gar nicht zu. Also, Führer, sagen wir eh nicht, sondern der Führende oder die Führende. Ich war ja die ersten Stunde deine Führende. Impulsgeber? Überzeugt mich nicht. Denk weiter darüber nach! Millionen Tangueros und Tangueras warten auf deinen Geniestreich. Mach es gut. Ich will jetzt richtig tanzen. Ah, wo bleibt dein Tangozitat. Habe mich schon so dran gewöhnt. Heute

nichts? Schade. Ok, dann habe ich eines für dich. Der irische Schriftsteller George Bernard Shaw hat vor vielen Jahrzehnten, als er zum ersten Mal ein Tango tanzendes Paar sah, sinngemäß gesagt: 'Warum tun die das im Stehen?'"

Ade lachte lauthals auf.

„Nun, Herr Filosof, die Aufgabe bis zum nächsten Mal: Warum tun wir das im Stehen?"

Er schaute Anni mit etwas blöden Augen an, doch sie war schon dabei, sich einem Tanguero in die Arme zu werfen, wie Ade mit einem Anflug von Eifersucht feststellte.

6.

In den folgenden Tagen konnte Ade seinen Kopf von der ihm aufgegebenen Hausaufgabe nicht frei bekommen. Was wollte Anni denn damit? Shaws Frage war doch offensichtlich rhetorisch, die Anspielung auf sexuelles Verhalten offensichtlich. Der Ire hatte es witzig formuliert. Was gab es da noch groß zu räsonieren. Aber warum dann Annis Aufforderung? Die Arbeit und die internationale Katastrophenlage verdrängten die Gedanken an Annis Aufforderung, doch schlich sich die Frage immer wieder ein und zwang ihn darüber nachzudenken. Und wenn man die Frage nicht als rhetorisch verstand, sondern ganz banal als das, was sie aussagte?

Irgendwann knipste es in Ades Kopf. Diese Anni, diese raffinierte Frau! Er hatte sie offenbar unterschätzt, ihren Kopf unterschätzt. Was ging nur in dem vor? Er versuchte, das Problem auf den Begriff zu bringen. Wozu war er schon ein halber Philosoph, Philosoph mit Ph.

Am Ende seiner Gedankenarbeit kam Ade zu diesem Ergebnis:

A) Das Tanzpaar macht es im Stehen, weil sie es im Tanzsaal in der Öffentlichkeit nicht horizontal machen können.

B) Das Tanzpaar, nein der Tänzer ist im Tanz vier Stunden lang und länger aufrecht, gerade, erigiert. Das schafft keiner im Bett.

So weit gedacht, musste Ade lachen. Er machte sich neue Gedanken. Warum hat Anni diesen Shaw zitiert. Warum diese Herausforderung an ihn, an Ade? Was steckte dahinter? Ab da hörte in Ade der Philosoph auf zu denken, und der Mann in ihm begann zu träumen.

7.

Am Mittwoch klingelte in der Redaktion Ades Telefon. Er hob ab und hörte die Stimme von Anni. Er fühlte sich schon im siebten Himmel. Sie kam auf ihn zu. Wie sollte er nur auf witzige Weise seine Antwort auf Shaws Frage formulieren?

„Hallo Ade, ich bin's Anni, störe ich gerade? Hast du fünf Minuten Zeit? Ja? Gut. Ich sage nur: Corona-Virus. Unser Verein stellt ab sofort alle Tanzaktivitäten ein, also keine Milongas, keine Übungsabende oder sonstige Veranstaltungen. Du hast es dir sicher denken können. Gerade Tango mit seiner körperlichen Nähe. Es geht einfach nicht. Was mit unserer Jubiläumsfeier wird, weiß ich nicht. Steht alles in den Sternen. Gut möglich, dass wir das Feiern auf nächstes Jahr verschieben müssen. Hallo, Ade, hörst du mir zu?"

„Ja, ja, Anni. War ja zu erwarten angesichts des Vordringens der Pandemie. Aber schade. Ich hatte mich schon auf die morgige Tanzstunde gefreut. Doch da kann man wohl nichts machen. Wie steht es sonst bei dir."

„Na, ich mache jetzt Homeoffice. Und du?

„Als Lokalreporter kann ich nicht alles vom Büro aus machen, aber wir beschränken uns natürlich künftig auf unerlässliche Außentermine. Mal sehen. Ja, schade. Ich habe mich in den vergangenen Tagen mit meiner Hausaufgabe beschäftigt."

„Hausaufgabe? Was meinst du damit, Ade?"

„Aber du hast mich doch letztes Mal aufgefordert, über die Frage Shaws nachzudenken und sie zu beantworten."

Er hörte Anni lachen.

„Hab ich das? Das Corona-Virus verändert unser aller Leben, und der Filosof denkt über diese flapsige Bemerkung Shaws nach. Das mach dir mal einer nach!"

Ade war sauer. Er hatte sich solche Mühe gemacht. Zugleich rasten seine Gehirnzellen. Er wollte nicht auf Tango, nicht auf Anni verzichten.

„Hör mal, du willst also die nächsten Tage, Wochen, Monate in deiner Wohnung in quasi Quarantäne verbringen?"

„Tja, mir wird wohl nichts Anderes übrig bleiben. So wie den meisten Menschen wohl in unserer Stadt. Und ich habe noch nicht einmal ein Aquarium, um mich mit Fischchen zu unterhalten. Und du, Ade?"

„Nein, ich habe nicht einmal einen Kanarienvogel. Aber mir ist ein Gedanke gekommen?"

„Klar, dir als Filosof."

„Nimm mich nur auf den Arm, Anni! Hör zu: Ich habe einen Traum.

„Ich höre, Martin Luther King."

„Wie wär es, wenn wir zusammenziehen? Falls jemand von uns beiden Corona hat, haben wir uns längst schon angesteckt. Weiß du, ich habe eine große Wohnküche, in der man wunderbar Tango tanzen könnte. Ich kann mir gar nicht mehr ein Leben ohne Tango vorstellen. So könnten wir tagelang, wochenlang, monatelang tanzen."

„Mein lieber Filosof, träum weiter! Aber bitte lass mich aus dem Spiel! Ich sage es gerade heraus: Tage, Wochen, gar Monate Tango nur mit dir – ein Alptraum!"

Ende